AU CŒUR DES ÉTOILES

Denise Fabre

Au cœur des étoiles

éditions du
ROCHER

ISBN : 978-2-268-06909-8

« Fais de ta vie un rêve, et d'un rêve, une réalité. »

Antoine de SAINT-EXUPÉRY

LES MAINS TENDUES

Ceux qui me connaissent savent que je n'aime pas m'attarder sur le passé. Je ne ressasse pas. J'ai besoin de tourner des pages, d'avancer, sans pour autant renier tout ce qui m'a construite. J'aime « me souvenir de », faire revivre certaines périodes de mon existence, surtout celles qui ont été joyeuses – et il y en a eu, par bonheur, beaucoup.

Sur l'écran de ma vie, les images défilent. Certaines sont nettes, presque vivantes – vibrantes, devrais-je dire –, d'autres restent dans le flou, et c'est peut-être mieux ainsi…

Je suis un peu brouillée avec la chronologie, les dates, les lieux. Parfois, quand on me demande de rapporter les événements avec précision, j'hésite. Une chose est sûre : je me souviens de l'essentiel. Les visages, les odeurs, les couleurs, les bruits… C'est une main qui se tend au hasard d'un tournant difficile à prendre, un peu comme sur cette corniche qui mène à

Monte-Carlo, que j'ai tant de fois parcourue au volant de ma petite voiture, une jolie Renault Floride rose métallisé. « Tu as des goûts de luxe ! » s'était exclamé mon entourage quand je m'étais offert, seule, ce petit bijou. Des goûts de luxe ? Si avoir des goûts de luxe signifie aimer ce qui est beau, raffiné, élégant, alors oui, j'avais et j'ai toujours des goûts de luxe. Le glamour, oui, le m'as-tu-vu, non. La grâce, l'élégance, oui. Le superficiel, la vulgarité, non.

Du gris clair au gris foncé, en passant par le « noir c'est noir », mais sans jamais oublier le rose poudré teinté de nostalgie des moments d'émotion et le rouge vif des coups de cœur – je suis une Méditerranéenne, tout de même ! —, les épisodes se bousculent avec, pour décor, mon triangle d'or. Nice, Monte-Carlo, Paris. Mais Nice sera toujours mon point d'ancrage, ma ville préférée entre toutes. Je le sais, je le sens. C'est presque animal. Dans l'avion qui me ramène vers *elle*, après une longue semaine de rendez-vous parisiens ou de tournages, mon cœur bat la chamade. Pendant toute la durée du vol, sans même jeter un coup d'œil à travers le hublot, je pourrais remplacer au pied levé l'hôtesse de l'air – jeune fille, c'était le métier que je rêvais d'exercer – ou le steward, annoncer où nous sommes et dans combien de temps nous nous poserons. C'est viscéral, oui.

À Cagnes-sur-mer, premier arrêt sur image : une petite fille au paradis, dans le jardin fouillis de la maison familiale. Une belle bâtisse blanche encadrée de citronniers et de mandariniers, qui porte le doux nom de *Villa des Mimosas*. Oncle, tante, grands-parents, parents, la carte postale a des allures de conte de fées.

Il y a aussi une petite chienne, Cora, un potager et des quantités de plantes, de fleurs et d'arbres fruitiers qui poussent dans un joyeux désordre et un incroyable patchwork de couleurs. Les kakis côtoient les seringas – à jamais mes fleurs préférées —, les roses pompon et les mimosas. J'ai six ans…

Pêle-mêle, je revois mon grand-père qui joue du saxophone dans l'orchestre municipal, au kiosque du Jardin Albert-Ier, et mon oncle Robert qui, lui, préfère la flûte. Je vais au carnaval, au cinéma, au marché. J'observe, fascinée, les gestes des petites marchandes devant leur étal. Je déguste un cornet de marrons grillés ou une glace, selon la saison. J'aide ma tante modiste à piquer un nœud en gros-grain, à poser une plume sur un ravissant bibi. Et puis il y a les arômes. Les bonnes odeurs qui s'échappent de la cuisine familiale: la pissaladière, les « petits farcis », l'huile d'olive, l'ail, le piquant d'une sauce, la soupe de poissons, rituel dominical, tout comme la tarte aux blettes de maman.

Des images, toujours. La main douce de maman remontant ma couverture qui a glissé. Cette modeste couverture, c'était ma protection contre un monde extérieur dont j'ai vaguement, très vaguement conscience, jusqu'au jour où… Le bonheur s'enfuit. Adieu la *Villa des Mimosas*, la beauté fracassante de Grâce Kelly ou d'Ava Gardner en gros plan sur les écrans du petit cinéma de quartier où j'adore laisser mon esprit vagabonder… Bonjour les murs gris du pensionnat, l'uniforme, la discipline, les bleus à l'âme quand tout devient trop injuste, les sanglots qu'on retient pendant des années, jusqu'au jour où l'on accepte enfin de lâcher prise, de se réconcilier d'abord avec soi-même, puis avec les autres. On n'efface pas, on pardonne.

Car je n'ai commis aucun crime, aucune faute grave. Je suis même animée de la meilleure volonté, comme l'atteste le diplôme de secrétaire de direction, que, plus tard, je réussirai à décrocher au cours Pigier. J'arriverai à prendre 110 à 120 mots à la minute. En attendant, je suis tout le temps punie. Il paraît qu'aucun membre de ma famille n'a assez de poigne pour me tenir. Que j'ai « le démon dans la peau ». Suis-je donc si infernale ? Est-ce que m'avoir sous son toit est un tel cauchemar ? Il faut croire que oui. Le clan des adultes décide pour moi. J'ai l'habitude. Obéir sans jamais discuter, je sais mieux que personne ce que cela signifie.

Qu'ai-je donc commis d'irréparable, pour être, à l'âge de seize ans, jetée de ma maison et conduite au Bon-Pasteur, dont le souvenir colle à mes semelles comme de la glu ? Le Bon-Pasteur, c'est la maison de la honte. Où échouent celles qu'on soupçonne du pire.

Or, le « pire », chez moi, consiste simplement à sortir le soir en compagnie de quelques amis. Nous sommes en pleine *Fureur de vivre*, et James Dean est notre héros. Nous vivons à l'heure de la *beat generation*, dont le mal de vivre et la révolte contre l'ordre établi, puritain, a jailli dans des films comme *L'Équipée sauvage* ou encore *Graine de violence* avec Glenn Ford.

Or, de violence, du moins chez moi, à Nice, il n'y en a guère. Mes amis et moi sommes seulement fascinés par Marlon Brando et par Elvis Presley. Nous dansons sur les rythmes effrénés de *Rock around the clock* de Bill Haley.

Je ne reste que quelques mois au Bon-Pasteur. Mais ce n'est pas fini. J'entre bientôt en classe de première dans un autre pensionnat religieux, à Antibes, cette fois. S'adapter à un autre lieu, d'autres habitudes, d'autres camarades, essayer de trouver d'autres repères, c'est déjà perturbant, mais si en plus on vous condamne au silence, c'est encore pire. Le fait est que je suis priée de parler de moi le moins possible : « Surtout, à Antibes, tu ne parles pas du Bon-Pasteur, me recommande ma mère, sinon plus personne ne t'adressera la parole, tu n'auras aucune amie, ce sera terrible pour toi. Est-ce que tu comprends ? »

Oui, je comprends.

À vrai dire, je suis révoltée devant tant d'injustice, mais j'applique à la lettre ce qu'on me demande de faire. Motus et bouche cousue. J'ai le cœur brisé. Pourtant, je tiens. Je crois qu'inconsciemment, je me dis déjà que le travail est ma planche de salut. La seule échappatoire à cette existence grise et morne que l'on veut pour moi. « Tu feras ce que tu voudras quand tu auras vingt et un ans, pas avant », me sert-on à toutes les sauces. Je ravale ma rancœur et me plonge dans l'instant présent. Je veux étudier encore et encore. Me prouver et prouver à ceux qui ont décidé de ma destinée que je suis capable de faire quelque chose de bien. Quelque chose qui me vaudra la fierté de ma mère. Quelque chose qui fera que je cesserai de me sous-estimer.

Je me plonge dans mes livres de classe jusqu'à l'épuisement. Je me rends compte aujourd'hui que j'ai toujours agi ainsi. Je n'ai jamais su travailler « un peu ». La suractivité convient mieux à ma nature. Et si je peux faire plusieurs choses à la fois, m'épanouir dans plusieurs domaines très différents les uns des autres, et tout mener de front, c'est le bonheur absolu ! Heureusement, Francis, mon époux, est là pour canaliser mon énergie et me « calmer » quand je vais au-delà du raisonnable, ce qui arrive relativement souvent !

Non, je n'aime pas m'attarder sur le passé.

Récemment, Patrick Sébastien, un ami cher à mon cœur, que j'admire pour son incroyable courage dans les épreuves – il est monté sur scène le soir du décès de son fils, « pour ne pas devenir fou », me confiera-t-il plus tard –, Patrick, donc, m'a demandé si j'avais des regrets sur ma vie en général. Je lui ai répondu non. Si c'était à refaire ? Je referais tout. Dans le même ordre. J'ai pris un chemin. Est-ce « le droit chemin », leitmotiv des sœurs du Bon-Pasteur, l'institution extrêmement rigoureuse où j'ai passé plusieurs mois, sur une décision de ma mère qui avait tellement peur que je me perde en route ? Je serais bien prétentieuse de répondre par l'affirmative. Je peux juste dire que le chemin que j'ai pris est *mon* chemin. Et que, sans doute, c'était celui qui convenait le mieux à une jeune fille piaffant d'impatience devant son destin.

J'ai fait des choix. Et ces choix ont tous été marqués par des rencontres, des mains tendues en réponse à de timides appels au secours, car pudeur et discrétion sont aussi ma « marque de fabrique ». Aurais-je été si combative, si pugnace, si je n'avais pas eu à faire face aux moments douloureux qui ont jalonné ma petite enfance, puis mon adolescence ? Probablement pas. Même si mon patronyme, Fabre, issu de la tradition italienne, est le symbole de tout ce qui évoque le fer, l'opiniâtreté, le travail, la foi.

Je n'ai jamais eu de rêves de gloire. Et encore moins d'envies d'argent facile. Mon seul « plan de carrière », c'était de me prouver et de prouver à ma mère que j'étais capable de faire quelque chose de bien. Comment, je l'ignorais encore. Je voulais juste donner le meilleur de moi-même, toujours, quoi qu'il arrive. Et être libre.

Dans ce métier où tout est orchestré, je n'ai jamais eu d'agent – mon époux Francis me décharge aujourd'hui de tout ce qui est administratif, domaine où j'avoue ne pas exceller ! Je ne me suis jamais promenée avec un stock de photos de moi dans mon sac à main pour parer aux demandes d'autographes. Toutes mes décisions, je les ai prises seules, en tête-à-tête avec moi-même, avec comme seuls guides mon exigence et ma soif d'intégrité. Quand le rouge de la caméra s'éteignait, je rentrais sagement chez moi m'occuper des miens. Quand on me dit : « Bravo, vous avez réussi ! » je reste modeste, car même si j'ai pleinement conscience d'avoir bénéficié de jolis coups de chance, je sais d'où je viens, et je sais aussi que demain, tout peut s'arrêter.

J'ai sans doute « raté » des choses par manque d'ambition ou d'opportunisme. C'est vrai aussi que je ne suis pas une mondaine. Aux soirées, aux endroits branchés où il faut à tout prix se montrer, j'ai souvent passé mon tour, et je ne le regrette pas. Et si j'ai manqué certains trains – qui n'en manque pas ? –, en revanche, je n'ai pas raté mes rencontres.

Se souvenir des mains tendues, c'est se souvenir de ceux et de celles qui ont aidé la petite Niçoise, arrivée à Paris un matin de septembre 1963, à devenir la femme que je suis aujourd'hui. On ne fait rien seul. Encore faut-il savoir reconnaître *la* bonne personne, celle qui va vous donner confiance. J'ai senti le vent venir… Je l'ai senti tourner, aussi. Toujours. Avec, chevillé au cœur, le désir de viser l'excellence. Et la seule façon d'atteindre ce but, c'est de rester humble, de ne jamais se laisser griser par la robe de sirène, le maquillage et la coiffure sophistiqués que vous allez porter pour présenter telle ou telle émission. Se remettre en question chaque jour est la seule chose qui compte. Et cette soif sans cesse renouvelée de faire que demain soit meilleur qu'aujourd'hui.

Au-delà du travail que j'ai fourni – la chance seule ne suffit pas –, je crois avoir bénéficié d'une protection divine, surtout dans les moments les plus sombres. S'agit-il de mon petit frère, décédé à l'âge de trois mois, de maman, de mes grands-parents ? Je ne saurais dire. Mais je suis sûre qu'ils sont là, prêts à me rattraper quand je trébuche.

Avec le recul, je crois avoir réussi à « faire quelque chose de mes blessures ». C'est ce qui porte le beau nom de « résilience ». C'est peut-être tout simplement cela que j'ai envie de transmettre aujourd'hui, entre les lignes de ce nouveau livre qui vient de naître…

*

Cet ouvrage n'est pas mon premier « bébé littéraire ».

Un peu, beaucoup, passionnément, je me suis déjà dévoilée dans d'autres confessions. J'ai toujours aimé écrire, et j'ai toujours écrit. Les mots « dits » s'effacent parfois de notre mémoire, les mots « écrits » restent. J'éprouve une admiration éperdue pour les écrivains, les « raconteurs d'histoire ». J'aurais adoré écrire de vrais romans, avec de vrais personnages, ou encore diriger une collection... Quelque chose qui fasse rêver, comme dans ce monde privilégié où j'ai eu la chance d'évoluer. Dans une autre vie, peut-être ? Il me reste tant à faire !

À ma modeste échelle, j'ai découvert les affres de la page blanche quand je rédigeais mes tout premiers textes de speakerine, puis, plus tard, quand j'écrivais des papiers pour *France-Soir*. Un vrai travail ! Enceinte, et contrainte de garder le lit pendant six mois, j'ai rédigé quelques petits recueils de conseils pratiques pour les futures mamans. Il y a eu aussi un livre de recettes familiales sur ma chère cuisine niçoise, et une autobiographie au ton volontairement léger, qui racontait une partie de mon parcours de jeune provinciale à la conquête de Paris.

À un moment, j'ai eu envie d'aller plus loin. Je me suis dit que ceux qui m'aimaient, ce public qui me suit depuis si longtemps avec une fidélité qui chaque jour m'émerveille et me fait chaud au cœur, ces gens issus de tous milieux sociaux et venus des quatre coins de la France juste pour me dire (ou m'écrire) : « On vous aime, Denise », ce public-là avait le droit d'en savoir davantage. S'il connaissait mes éclats de rire, ma spontanéité, mes maladresses de speakerine, mes robes à fleurs, ma joie de vivre et mon goût pour le bonheur, il ignorait cette part d'ombre que chacun porte en soi mais que, trop souvent, chacun tait. Par peur de décevoir, par peur du tremblement de terre qui pourrait secouer une vérité bien loin de l'image lisse et stéréotypée qu'on s'applique à renvoyer, surtout dans nos métiers où le sourire et la légèreté sont de rigueur… Et cela, seule l'écriture pouvait me le donner.

C'était en 2005. Cette année-là, je me suis libérée du poids de lourds secrets. Dans *Vivre aux éclats*[1], je me suis affranchie de tout ce qui, parfois, me gênait encore, pour aller de l'avant. J'ai réellement lâché prise, fait définitivement la paix avec mon passé lors de l'écriture de ce livre.

Cette expérience a été formidable, mais aussi très éprouvante. Je me souviens du jour où l'ouvrage est sorti, avec mon visage en gros plan sur la couverture. J'étais de passage à Nice, chez moi, pour quelques jours. Je me suis mise à paniquer à l'idée que, le lendemain, l'ouvrage serait dans toutes les librairies. Je craignais le regard des autres. Certes, je n'avais fait que mettre noir sur blanc la vérité, mais j'avais honte d'avoir révélé les cruels épisodes de mon adolescence, dans ces pensions où l'on enfermait les « jeunes filles pas sages ».

1. Éditions Michel Lafon, 2004.

J'avais tort de mettre en doute l'affection de ceux qui m'ont toujours soutenue, qu'ils soient d'ici ou d'ailleurs… Car cette parution a été un moment formidable. Contre toute attente, nombre de femmes de ma génération avaient connu cette expérience, ou du moins ce chantage : « Si tu ne marches pas droit, c'est la maison de correction. » La menace suprême de cette époque ! Bien sûr, les familles ne passaient pas toujours à l'acte, mais la peur restait. J'ai reçu des centaines de lettres, toutes aussi touchantes les unes que les autres, de la part d'anciennes pensionnaires qui avaient connu cette épreuve. Et, de nouveau, j'ai pris conscience de la chance incroyable – un vrai cadeau du ciel, et donc, de Dieu – dont j'avais bénéficié tout au long de ces années : ces témoignages de solidarité et d'amitié indéfectibles, sans cesse renouvelés.

Six ans après, voilà que l'envie de reprendre la plume me taraude… La vie, ma vie, est en perpétuel mouvement, en devenir constant. Je n'ai pas de « message » à faire passer, encore moins de leçon de vie à donner. Reste l'envie de transmettre. À qui ? À la jeune génération, bien sûr, à mes filles, à mes futurs petits-enfants, mais aussi à tous les autres, ceux qui sont découragés, aux prises avec les difficultés de leur quotidien, ceux qui pensent que tout est perdu, alors que tout est possible, pour peu que l'on décide de s'ouvrir, de regarder autour de soi. Et d'agir.

Agir, pour moi, aura été d'être à l'écoute, à l'affût des rencontres. Et quelles rencontres !

Des stars aux anonymes, de Disney le magnifique à Colette, ma tendre et fidèle amie, en passant par quelques monstres sacrés du petit et du grand écran, hommes de radio, femmes avec un grand F, hommes politiques, sans oublier les hommes qui ont partagé ma vie trépidante, je me souviens…

Mes tendres années…

Mais d'abord, je voudrais faire un petit flash-back sur ce qui aurait pu être « mes tendres années ». *Sweet sixteen*, disent les Américains, qui fêtent pleinement et joyeusement cet âge clé dans la vie d'une jeune fille…

J'ai seize ans et la rage au cœur. Je vais de pension en pension. Il faut croire que je suis vraiment une mauvaise graine, une mauvaise fille, puisque ma famille ne veut plus de moi à la maison. Pourtant, je n'ai rien fait de mal. Je veux juste croquer la vie à pleines dents, rire et danser jusqu'à l'aube avec mes copains et mes copines dans mon club de jazz préféré, en attendant d'avoir vingt et un ans, l'âge requis pour être hôtesse de l'air, mon rêve. Partir loin, voler, traverser les continents et les mers, c'est l'image que je me fais de cette liberté dont je suis cruellement privée.

À cette époque, je suis en danger, physiquement et moralement, mais je ne m'en aperçois pas. Il n'y a personne pour me dire : « Arrête, tu vas trop loin, tu cours à la catastrophe. » Et pour cause. J'observe scrupuleusement la consigne qui m'a été donnée par ma famille. Je ne parle à personne. Je m'isole. Pourtant, mes camarades sont plutôt sympathiques, mais je mesure l'ampleur du décalage entre Antibes et le Bon-Pasteur. Même si j'avais l'autorisation de nouer des relations amicales, je ne saurais pas comment m'y prendre. Au regard de ce que j'ai connu dans ma pension-prison d'avant, mes copines de classe me semblent plus sympas, mais un peu fades, un peu trop « bon chic bon genre » à mon goût. Il me semble évident que je n'ai aucun point commun avec elles. Les repas au réfectoire sont une torture. Et le soir, je me réfugie à nouveau dans mes livres. J'aime étudier, et cela me sauve. Jusqu'à un certain point.

Un jour, j'ai une altercation avec une camarade, au moment du déjeuner. Je reproduis les gestes de violence dont j'ai été témoin au Bon-Pasteur. Je renverse la table après avoir attrapé une carafe d'eau dont je casse le goulot, et que j'agite sous le nez de ma camarade. L'incident s'arrête aussi vite qu'il a commencé, dans la stupeur générale. On me regardait déjà bizarrement. À présent, c'est comme si j'étais le diable incarné. On me met en quarantaine. Tout le monde me tourne le dos. Sans parler de ma famille : « Cette gamine est impossible, qu'allons-nous faire d'elle ? » Ils n'ont qu'une seule peur : que je sois renvoyée de l'établissement. Et se répandent en excuses pour que je ne sois pas exclue. La coupe est pleine. Une petite voix me souffle au fond de moi : « Il faut que tout ça s'arrête, tout de suite ! »

Je travaille mes examens, comme un automate. Pour soigner ma nervosité et mes insomnies – j'ai beaucoup de mal à trouver le sommeil –, un médecin m'a prescrit des calmants dont j'ignore les effets. Est-ce que je peux « en finir » si j'avale le tube entier ? En tout cas, c'est ce que je fais, un matin, alors que je planche sur un sujet. Le temps d'apporter ma copie au bureau du professeur, je m'écroule.

Je ne crois pas m'être jamais dit que je voulais mourir. J'avais trop soif de vie et de bonheur pour pouvoir formuler la chose de cette manière. Un coin de ciel azur, une balade à vélo, un petit tour au marché aux fleurs, une chanson de Nat King Cole suffisaient à me mettre en joie. Non, je ne voulais pas mourir. Dans ma tête de gamine de seize ans, je voulais juste que « ça s'arrête ».

Un médecin vient me voir à l'hôpital. Il m'écoute et, oh miracle, me comprend ! Cette sollicitude providentielle ne serait-elle pas, au bout du compte, le symbole de la première main qui se tend au carrefour de ma destinée ? Je suis trop choquée pour ne pas m'accrocher à l'espoir qu'il me donne. Enfin quelqu'un qui semble se préoccuper de mon bonheur ! Il me questionne sans me faire la morale. Ensemble, *nous* évoquons *mon* avenir. C'est si nouveau pour moi…

Dans un premier temps, il interdit même à ma famille de venir me rendre visite. Il a si bien perçu ma fragilité qu'il veut m'éviter toute pression supplémentaire. En discutant avec lui – « On va vous mettre au vert, mon petit », me dit-il d'un ton décidé et protecteur –, j'essaie d'imaginer où j'aimerais aller pour cette convalescence qu'on m'offre sur un plateau d'argent. Loin, c'est sûr… Loin de mon lourd secret. Jusqu'à présent, je n'ai guère quitté ma ville adorée, et je ne m'en suis pas plainte. Nice est belle en hiver, Nice est belle en été. Et les lieux pour se divertir ne manquent pas. De toute façon, ma famille n'avait pas les moyens de s'offrir des vacances. Alors, je partais en « colo », en France, bien sûr. Je ne suis pas allée plus loin que les montagnes de Haute-Savoie…

Ce médecin réveille en moi des envies d'escapade au bout du monde. C'est sûr, à ma majorité, je serai hôtesse de l'air et je parcourrai le monde, du nord au sud, d'est en ouest. En attendant… Je ne me rappelle pas exactement qui m'a évoqué l'Angleterre, mais je me souviens m'être dit que traverser la Manche serait un bon début. Apprendre l'anglais ? Bien sûr ! C'est une évidence : si je veux devenir hôtesse de l'air, il faut que je parle couramment au moins deux langues.

Il est convenu que je serai fille au pair à Worthing, dans le Sussex. En fait, il s'agit plutôt d'un « demi-pair ».

Ma famille est d'accord pour payer une petite contribution à celle qui m'offrira le gîte et le couvert. De mon côté, je devrai m'occuper du ménage et des enfants. Le projet me ragaillardit. J'en ai gros sur le cœur, et ce n'est pas demain que je vais apaiser mes ressentiments à l'égard de tous ceux qui, trop occupés à me montrer « le droit chemin », n'ont rien vu venir.

Ultime affront, avant ce grand saut dans l'inconnu : un éducateur m'accompagne jusqu'à Douvres… À ses yeux, je suis une délinquante. « C'est une grande chance qui vous est offerte », me dit-il au moment où je monte sur le bateau. Je brûle d'envie de lui répondre vertement. À quoi bon ? Ni maman, ni lui, ni personne ne croit en moi. Quand j'y pense, tout cela me plonge dans une grande détresse, mais je m'accroche à ce qui se présente à moi : le début d'une nouvelle vie.

Et pour un changement, c'en est un ! Je me souviens avec émotion de mon arrivée dans ma première famille ; il y en aura trois en tout, à quelques mois d'intervalle, mes chaperons ayant sans doute jugé préférable de ne pas me laisser le temps de nouer des amitiés… La maison, typiquement anglaise, est un rez-de-jardin en briques rouges et fenêtres à guillotine et à petits carreaux. Cette première famille, plutôt conservatrice, n'est pas vraiment sympathique. Je me retrouve dans une ambiance très cadrée. La mère donne dans le style femme de révérend et le père, peu bavard, se consacre essentiellement à son jardin. Les deux enfants, un garçon et une fille, un peu plus jeunes que moi, sont prêts à m'accueillir, mais une seule chose les intéresse : le sport ! Un peu déboussolée par le changement, je me consacre à mes cours d'anglais, qui ont lieu l'après-midi. Au début, je peine avec la langue. Ce serait sans doute plus facile si je côtoyais des jeunes Anglais de mon âge… mais pour les sorties, je peux toujours attendre. Le couple me surveille comme le lait sur le feu et distille mon argent de poche au compte-gouttes, soi-disant pour m'empêcher de faire des folies. Ont-ils reçu des instructions de Nice ?

Au bout de quelques semaines de ce régime austère, je demande à changer de famille. Et à partir de là, je commence à me laisser aller. La pression tombe. Le couple – jeune, avec un enfant – qui m'accueille tranche avec le précédent. Je reprends peu à peu goût à la vie. Et surtout, je me familiarise avec la langue anglaise. Je progresse à vitesse grand V. Quand je m'embrouille avec la grammaire ou que j'ai du mal à assimiler le vocabulaire, je me motive en pensant que bientôt, je toucherai du doigt mon rêve de devenir hôtesse de l'air.

Reste un problème majeur ! Je ne tiens pas en place et, après le dîner, je n'ai qu'une envie : découvrir Worthing *by night* où il y a, paraît-il, plein de petites boîtes et une sacrée ambiance. Un soir, la tentation est trop forte : je fais le mur. Quand je rentre, par la fenêtre de ma chambre que j'ai laissée entrouverte et le plus discrètement possible, une surprise m'attend.

Le maître de maison guette mon retour, posté dans le noir. « Denise, avez-vous vu l'heure ? » me demande-t-il d'une voix calme. Toute penaude, je bafouille quelques excuses. « J'espère au moins que vous vous êtes bien amusée », ajoute-t-il, toujours sans hausser le ton. Et ce sera tout ! Par la suite, il me demandera simplement de lui dire où je vais, avec qui, et de respecter l'heure à laquelle je dois rentrer.

Cet homme me réconcilie avec l'autorité. Il me montre qu'avec une confiance et un respect mutuels, tout peut être possible. Par la suite, quand j'ai eu mes filles et que j'ai commencé à trembler dès qu'elles avaient cinq minutes de retard, j'ai compris que les adultes, pétris d'expériences multiples, savent que tout peut arriver n'importe où, n'importe quand. Mais quand on a seize ans, on ne pense pas à tout cela…

Pour ma dernière expérience anglaise, je tombe dans une sorte d'auberge espagnole. Afin de continuer à entretenir sa maison et de conserver un semblant de train de vie, une *old lady* un peu extravagante reçoit des hôtes payants venus des quatre coins du monde. Me voilà en compagnie de quinze autres jeunes gens, dont quatre Français. Cette dame, très stylée, avec ses *twin-sets* de cashmere pastel et ses lunettes pleines de strass, a une voiture avec chauffeur. Par contre, elle n'a pas les moyens de s'offrir une femme de ménage ! Très vite, je passe d'aide-ménagère à bonne à tout faire. Je passe l'aspirateur, je range, je lave, je prépare les petits déjeuners, mais je suis également en charge de la manucure de ma charmante hôtesse… Dans cette ambiance totalement décalée, je m'amuse beaucoup. Je me nourris de *fish and ships* et de cookies, je me fais des tas des copains avec qui je vais danser jusqu'à minuit, je chahute avec Gunilla, ma copine suédoise. Gunilla est bien plus « évoluée » que moi. Elle a reçu une éducation beaucoup plus libérale que la mienne. En discutant avec elle, je m'aperçois que je suis encore bien naïve… Gunilla est drôle et spontanée. Elle m'apporte cette légèreté dont j'ai tellement besoin.

Seule ombre au tableau: je parle un peu moins anglais. Et pour cause: il y a des Français partout! Que ce soit aux cours où je me rends chaque après-midi, à la maison ou le soir, dans les bars: la France semble s'être donné rendez-vous dans la petite ville. Je réagis et, en quelques mois, je progresse de façon spectaculaire. Enfin, je parle! Sans doute mon *boyfriend* de Worthing y est-il pour quelque chose. Ce jeune Anglais, très grand, brun, avec des cheveux très longs, se prénomme Eddy. C'est un vrai *Teddy boy*, de ceux qui font trembler les mères de famille anglaises. Avec son pantalon de cuir noir, ses pattes un peu longues qui descendent sur ses joues, Eddy a quelque chose de ces fameuses « pierres qui roulent » – les Rolling Stones – qui font danser le monde entier. Son accoutrement a le don de faire frémir mon hôtesse – qu'importe. Moi, je le trouve beau. Tellement beau que j'adopte, à mon tour, un look de cuir noir à la Vince Taylor et une coupe courte de garçonne. Nous dansons des soirées entières, en tout bien tout honneur, *of course* !

Je me suis si bien fondue dans le paysage qu'à présent, je ressemble à une vraie petite Anglaise, kilos en trop compris. Les sucreries en tout genre, les glaces et autres gourmandises accompagnent mes soirées : tout cela commence à abîmer sérieusement ma silhouette. Je suis obligée de faire un *deal* avec ma logeuse : « Ou vous surveillez ce que je mange, ou je cesse immédiatement de vous faire les ongles. Après tout, je suis ici au pair, je ne suis pas manucure ! » La vieille dame a obtempéré, mais il m'a fallu de longs mois avant de retrouver mon poids d'origine…

*

Un jour ou l'autre, il faut bien rentrer… Je me suis follement amusée en Angleterre, j'y ai laissé un petit ami, toute une bande de copains et de copines, mais je suis tout de même soulagée de retrouver mon Nice, ma ville. J'ai des petites étoiles dans les yeux quand je parle de cette expérience qui aura été vraiment formidable. Plus rien ne sera comme avant. Je me sens forte et (presque) sereine. Certes, je suis toujours trop jeune pour devenir hôtesse de l'air mais, le moment venu, je serai prête, puisque je parle anglais. À peine suis-je rentrée qu'Eddy m'annonce, dans une lettre enflammée, que je lui manque terriblement, qu'il veut venir à Nice pour chercher du travail. Je panique. Pour moi, c'était un simple flirt, quelques baisers furtifs échangés sur une piste de danse, une jolie histoire dans un contexte bien particulier, rien de plus. Pour lui, c'est autre chose. Je le laisse tout de même venir me voir à Nice. Nous parlons : lui, d'un avenir commun, moi, de ma jeunesse et de mon inexpérience. C'est ainsi que je décline ma première proposition de mariage…

Plus tard, un de nos amis communs m'apprendra que mon flirt anglais s'est engagé dans la marine, par désespoir. Dans un premier temps, cette nouvelle m'étonnera – je ne me serais jamais cru capable de susciter de tels sentiments –, puis elle me rendra triste. Sans le vouloir, j'ai blessé ce jeune homme.

*

L'Angleterre, c'était formidable, mais me voilà revenue à mon point de départ. Je veux, je dois *absolument* trouver du travail. Et cette fois-ci, je me donne les moyens d'y arriver. Je fonce. Je suis prête à accepter n'importe quel petit job. Je m'inscris partout. Ma bonne humeur est le meilleur des CV.

Je frappe à toutes les portes, y compris celles des célèbres studios de cinéma de la Victorine. Faire de la figuration, pourquoi pas ? Et comme je parle anglais, on peut même m'employer pour des films anglo-saxons. Chacun sait l'importance qu'avaient à Nice ces grands studios de cinéma. On venait d'y tourner *Le Gendarme de Saint-Tropez*, *Mélodie en sous-sol*, *Le*

Masque de Fer, *La Baleine et la Balance*, *Les Félins* et *Lady L.* Jean Cocteau avait produit *Le Testament d'Orphée*, son film ultime. Gabin, Delon, Jane Fonda, Paul Newman, Jean Marais, Anthony Perkins, Peter Ustinov, Sophia Loren et bien d'autres immenses acteurs y avaient passé beaucoup de temps. Tous ces films nécessitaient beaucoup de figurants et de seconds rôles, ce que l'on appelait alors, sans rire, « faire de la figuration intelligente ». C'étaient les années fastes du cinéma à Nice. La Victorine, c'était Hollywood en Méditerranée. Beaucoup de jeunes Niçois se démenaient pour rencontrer Clo d'Alban, alors directrice de casting des figurants. C'était l'assurance d'avoir du travail quasiment toute l'année.

Hélas ! Ce n'est pas à la Victorine que je vais faire mon cinéma, mais dans un car ! J'avais pensé à tout, mais pas à cela. Je suis engagée comme… guide touristique. Je fais contre mauvaise fortune bon cœur. Enfin, je tra-vai-lle. On me donne un micro – eh oui, déjà ! –, et je me lance comme je peux dans ce métier, à peine briefée par la compagnie qui m'emploie. Je suis censée faire miroiter à des hordes de touristes les beautés de la *French Riviera*. *A priori*, ce petit travail est dans mes cordes : je connais mieux que personne chaque recoin de cette ville. Parler dans un micro m'amuse, raconter l'histoire de ma ville m'intéresse. Le côté « artistique » du job me convient. Je ne suis jamais à court d'anecdotes ou de précisions sur les lieux que nous quadrillons chaque jour. Certes, ces voyages ne dépassent jamais San Remo, mais j'y trouve mon compte. Mon enthousiasme retombe comme un soufflé quand il s'agit d'aborder la partie « pratique » du job. Entre le chauffeur et moi, il y a comme un malaise. Je ne m'habitue pas au sombre système des bakchichs qui régit ma nouvelle profession. Le chauffeur a pour « mission » de s'arrêter devant certaines boutiques de souvenirs ou centres commerciaux. Là, tout le monde descend. Les touristes, dociles, se dispersent dans les magasins et reviennent les bras chargés. À la fin de l'excursion, c'est le moment de faire les comptes. Les commerçants nous versent une ristourne, c'est l'usage ! Ce système de commission me déplaît fortement – nous sommes bien loin du rêve, de ce glamour auquel j'aspire –, mais cela n'est rien en comparaison du moment où il faut tendre la main pour recevoir mon pourboire de guide. Le chauffeur ne se gêne pas pour me mettre des bâtons dans les roues, voire pour m'écarter quand il sent un gros poisson à ferrer. Il s'en justifie à demi : « C'est de ta faute, Denise, me dit-il, tu t'y prends mal, tu dois y aller beaucoup plus franchement… »

J'ai beau me forcer, je n'y arrive pas. Réclamer mon dû, jour après jour, comme une mendiante, c'est insupportable. Ces histoires d'argent me fatiguent et m'ennuient. Il est temps de claquer la porte.

Magic Disney

Mon instinct me souffle de retourner aux studios de la Victorine, où je me suis inscrite avant de jouer les guides. On ne sait jamais. Je revois Clo d'Alban, la directrice de casting à qui j'avais laissé mes coordonnées. La rencontre avait été brève, mais le contact chaleureux. Je crois que je lui avais plu. En tout cas, elle m'avait reçue avec beaucoup de gentillesse.

« Pour l'instant, côté figuration, je n'ai rien pour toi. »

Je suis un peu déçue, mais je fais mon possible pour ne pas le montrer. Clo d'Alban me regarde d'un air amusé. Alors que je m'apprête à partir, elle m'apostrophe d'un ton joyeux :

« Attends un peu... Je crois savoir que tu as été au pair en Angleterre pendant un an. À présent, tu parles couramment l'anglais, n'est-ce pas ?

— Euh... oui, oui, c'est vrai.

— Un couple d'Américains cherche une dame de compagnie pour quelques semaines. Ça t'intéresse ?

— Oui, bien sûr. »

Clo d'Alban éclate de rire. Son œil frise. Je ne sais pas trop où elle veut en venir, mais mon intuition me dit qu'elle me réserve une petite surprise. Laquelle ? Je n'en ai aucune idée.

« Le couple dont je te parle n'est pas vraiment un couple d'inconnus. Il s'agit de Walt Disney et de sa femme… »

Walt Disney ? Je retiens mon souffle, incrédule. Si c'est une blague…

« Walt Disney vient à Nice pour les besoins de sa prochaine production. Il doit faire des repérages avec son metteur en scène. Il cherche quelqu'un qui pourrait distraire son épouse, lui faire visiter les environs. Je pense que tu devrais avoir un très bon salaire. Le couple va résider à l'*Hôtel de la Chèvre d'Or*, à Èze. Si tu es d'accord, leur chauffeur pourrait passer te prendre… »

Walt Disney… la Chèvre-d'Or… Un chauffeur pour venir me chercher… Si je suis d'accord ? Je n'en crois pas mes oreilles ! Je passe sans transition du car de touristes poussiéreux et des pourboires misérables au rêve américain. Moi qui rêvais d'une rencontre à la hauteur de mes espérances, je suis comblée au-delà de mes fantasmes les plus fous. L'Amérique, en direct chez moi, à Nice. Disney, c'est le conte de fées, la magie sur grand écran, le symbole du « tout est possible ». Avoir un bon salaire ou pas m'importe peu.

Pour Disney, je veux bien être dame de compagnie *gratis* ! La vie me sourit enfin. La roue tourne et, cette fois, en ma faveur.

Rétrospectivement, je crois que j'avais donné alors, de manière inconsciente, par mon comportement positif, mon envie de décrocher la lune, ma spontanéité, un coup de pouce à un destin jusqu'alors bien tourmenté. Le fait de parler anglais et la bienveillance de Clo d'Alban m'avaient ouvert *la* porte. Et je comptais bien en profiter.

La rencontre « en chair et en os » avec le *king* du dessin animé et son épouse ne me déçoit pas, bien au contraire. Derrière l'image du brasseur de millions de dollars – à l'époque, je n'ai d'ailleurs aucunement conscience de la puissance financière que représente Disney –, j'ai le souvenir d'un homme charmant, drôle et simple, et d'une dame délicieuse, aussi attentive aux désirs de ses proches qu'aux miens.

Au premier *« Hello, how are you ? »* le lien se noue. Ensemble, nous mettons au point notre emploi du temps. C'est à moi de décider où je souhaite emmener Mme Disney. Sa confiance, immédiate et totale, me touche. Le temps d'un bref échange, elle a senti tout l'amour que j'ai pour ma ville, et n'a qu'une envie : que je lui fasse partager mon goût pour ce pays qu'elle aime déjà. Comme beaucoup d'Américains, les Disney sont fous de la *French Riviera.* Ils sont déjà venus sur la Côte d'Azur, mais ne connaissent pas

Nice. Et ce qui les intéresse, ce n'est pas le clinquant, c'est le typique.

Le matin, je les retrouve à la Chèvre-d'Or, ce palace niché sur les hauteurs du petit village d'Èze, endroit luxueux où jamais, jamais je n'aurais imaginé me rendre un jour, même pour y boire un café ! Le chauffeur, impeccable dans sa livrée, nous ouvre les portes de la longue Cadillac noire. Et c'est parti pour le programme de la journée. Le matin, Walt Disney fait des repérages avec son réalisateur, Robert Stevenson, celui des *Enfants du Capitaine Grant* et de *Mary Poppins* – Fred MacMurray, son acteur principal, est également présent. Pendant ce temps, j'improvise une balade, de Saint-Tropez à San Remo. Mme Disney partage le coup de foudre de son mari pour la presqu'île de Saint-Jean-Cap-Ferrat et le vieux village perché d'Èze. J'apporte ma petite touche personnelle en lui faisant visiter Nice, mais aussi sa vieille ville et son arrière-pays, en lui racontant l'histoire des petites rues autour du marché aux fleurs. Chaque maison badigeonnée d'ocre a quelque chose à dire, dans cette cité si protégée du temps. Grasse, Saint-Tropez, Menton, je joue les guides, mais, cette fois, les guides de luxe. Et je n'ai pas à tendre la main pour avoir un pourboire ! D'ailleurs, à ma stupéfaction, ils ont doublé mon salaire de base !

Mme Disney, d'humeur toujours égale, m'écoute, et accueille chacune de mes propositions avec un enthousiasme qui me ravit. Un rien l'émerveille. La couleur du ciel, le charme typique d'une maison au détour d'une ruelle, un bouquet de roses acheté au marché aux fleurs : elle s'attendrit, comme une enfant.

À l'heure du déjeuner, tout le monde se retrouve autour d'un bon repas. Et là, surprise, je suis conviée à leur table. Je reste coite. Dans ma famille, on m'a toujours fait comprendre qu'il fallait rester à sa place. Peut-être ai-je un peu trop respecté cette recommandation, mais comment pouvais-je m'y plier alors que j'étais conviée à prendre pace aux côtés de Monsieur Walt Disney ? Si je revendique mes origines modestes, si je suis très fière des valeurs qui m'ont été inculquées, en revanche je ne comprends pas pourquoi je devrais renoncer à goûter aux plaisirs d'une autre vie quand l'occasion se présente. Pourquoi n'aurais-je pas droit, moi aussi, à ma part de paradis sur cette terre ?

Ce sont des moments fabuleux, où j'écoute plus que je ne parle. J'ai soif de m'enrichir de leur expérience et de leur savoir. Le parcours d'autodidacte de Walt Disney me fascine. Parti de rien, il a réussi à construire un empire. Et, loin de me faire sentir sa supériorité, il me laisse entrevoir que tout est possible à condition de se battre, de ne jamais renoncer. Je pense aussi que c'est au contact de cet homme, accessible et humain malgré son statut, que j'ai réussi à me poser – voire à m'imposer ? C'est vrai que j'étais très intimidée mais, en même temps, je voulais profiter au maximum de cette chance incroyable qui m'était offerte. Tous mes sens étaient en éveil, et mon esprit, affûté comme jamais, photographiait chaque détail, chaque minute de ces instants passés ensemble.

L'après-midi, nous repartons en balade. Et quelquefois, Walt Disney me demande de l'emmener dans « cet endroit enchanteur » dont lui a tant parlé son épouse, la veille… C'est une grande fierté pour moi de voir que nous sommes sensibles aux mêmes lieux, aux mêmes couleurs, aux mêmes odeurs.

Le soir, comme presque tous les Américains, les Disney aiment s'habiller. Mme Disney, avec une simplicité déconcertante, me pare de toilettes de princesse, et c'est le début de Nice *by night* !

Je propose des sorties nocturnes à mes « amis » américains. Ils me considèrent comme telle. Je les embarque dans des petits restaurants populaires où des garçons se déguisent et improvisent des sketches, de modestes bistrots où l'on boit de la sangria et où les gitans dansent le flamenco. Ils adorent aussi les *« Pizzaiolo »*, où l'on s'abreuve de chianti et où le personnel offre aux clients un véritable spectacle, en imitant les chanteurs à la mode ou les hommes politiques au pouvoir. L'imitation du général de Gaulle ravit particulièrement Walt.

Et puis, je parviens à les convaincre d'abandonner la cuisine internationale pour goûter les spécialités locales : la pissaladière, la polenta, la *bagna cauda*, cette inimitable fondue de crudités, l'omelette aux alevins de roche, et l'incontournable *socca* à la farine de pois chiche… Mme Disney demande des précisions sur les recettes, qu'elle recopie consciencieusement sur un petit calepin. Les festivités s'achèvent très tard, sur la promenade des Anglais. « C'est tellement romantique », commente Mme Disney, toute chamboulée. C'est la fin de l'été. On admire la Baie des Anges encore tout illuminée, on suit des yeux la dernière étoile… Je ne suis pas au paradis, je suis au cinéma, mais cette fois-ci, « dans » l'écran ! Je suis l'actrice principale de mon propre film… Et je n'ai qu'une crainte : que, dans la salle, le mot « fin » s'affiche sur l'écran.

Au bout de la nuit – autant dire à l'aube –, je rentre chez ma mère, la tête pleine de rêves.

Walt Disney n'a pas « animé » ma vie, il l'a « réanimée »…

*

Il a pourtant fallu, par un beau matin, se dire adieu. Oui, pour moi, c'est un adieu, car je ne pense pas avoir jamais l'occasion de revoir mes bienfaiteurs américains. L'Amérique, c'est le bout du monde… Mes amis s'en vont, et tentent de me rassurer en me disant qu'ils vont revenir dans quelques semaines pour le tournage du film. J'acquiesce, sans trop y croire. Je ne veux pas fonder d'espoirs fous sur cet hypothétique retour.

Je les accompagne à l'aéroport, le cœur serré. Je remercie le couple pour sa bonté, sa générosité à mon égard. Pendant ces trois semaines, ils m'ont traitée comme une princesse, et apporté une nouvelle confiance en moi. Plus que jamais, je m'accroche à l'idée d'une vie autre que celle qui semblait être tracée pour moi.

La bonne surprise arrive trois semaines plus tard : l'Amérique ne m'a pas oubliée. Les Disney sont de retour, pour tourner, cette fois – comme ils me l'avaient annoncé. Les retrouvailles sont chaleureuses. Le couple est venu avec fille, gendre et trois petits-enfants. C'est dans la sublime résidence *Eden Roc* – palace très prisé des Américains – qu'ils posent leurs valises. Très vite, je comprends qu'ils comptent sur ma présence pratiquement vingt-quatre heures sur vingt-quatre… Ils sont très « famille » et souhaitent rester tous ensemble, y compris sur les plateaux de tournage. Mon cœur de Méditerranéenne les reçoit cinq sur cinq : le « vivre-ensemble » est dans mes gênes !

Je vais jouer les nounous, pour mon plus grand plaisir, car les trois enfants de leur fille – deux petites filles et un petit garçon – sont adorables et parfaitement bien éduqués. Dès le lendemain de leur arrivée, me voilà totalement débordée ! Qu'importe ma fatigue, je gère tout avec un immense bonheur. Et quand Walt me propose de faire de la figuration – de nuit, donc payée double – dans son film, je suis aux anges.

*

Le temps passe vite, trop vite… Je déteste les adieux. Oui mais, voilà… Le film est bouclé, ou presque, et toute la famille doit regagner Los Angeles.

Le dernier jour de tournage, je leur propose de venir prendre un apéritif à la maison. Je sais que maman brûle d'envie de les rencontrer. Je prépare les choses en toute simplicité, à leur image, et ils en sont ravis. Jamais notre petit appartement n'a connu une telle effervescence. Les rires fusent, maman est heureuse, et moi, je jubile.

Un peu plus tard, alors que les Disney s'apprêtent à se retirer, je vois Walt s'isoler avec ma mère. Si Mme Disney ne manie pas du tout notre langue, lui, par contre, arrive relativement bien à se faire comprendre et maman a des notions d'anglais. Je suppose qu'il veut dire à maman tout le bien qu'il pense de moi. Enfin, je l'espère ! En réalité, c'est de choses beaucoup plus sérieuses dont il veut s'entretenir avec elle. Et je vois, à l'expression de son visage, qu'il est déçu.

Comme si de rien n'était, nous nous disons une deuxième fois au revoir. Pressée d'en savoir davantage sur ce qui s'est dit, j'interroge maman, sitôt la porte fermée.

« Alors ? Que voulait Walt ? Pourquoi il t'a prise à part ? »

Maman me regarde longuement, puis lâche d'une voix calme :

« Mme Disney voulait que tu repartes avec eux…

— Quoi ?

— Leur fille a beaucoup apprécié la façon dont tu t'es occupée de ses enfants. Elle aurait souhaité que tu deviennes leur nounou. J'ai refusé, bien sûr. »

Estomaquée, je regarde maman, qui ne cille pas.

« Denise, tu as fait des études, ce n'est pas pour aller faire la nounou à l'autre bout du monde ! »

Je reste sans voix. Les Disney voulaient m'emmener avec eux en A-mé-rique ! Une vague de colère monte en moi. Pour la énième fois de mon existence, je ne peux rien objecter, puisque je ne suis pas majeure. Une proposition pareille, pourtant, cela n'arrive pas tous les jours ! Le sentiment d'injustice est tellement fort qu'un instant, je songe à outrepasser la volonté de maman. Et si je faisais ma valise, là, tout de suite ? En même temps, s'expatrier à dix-huit ans, ce n'est pas une mince affaire. Ma colère laisse place à la tristesse. Je comprends que, dans l'esprit de ma mère, cette proposition n'était pas à la hauteur des ambitions – même modestes – qu'elle avait pour moi.

Bien sûr, j'ai cédé pendant longtemps ; je me suis demandé : *What if?* Quelle aurait été ma vie si j'étais partie avec eux ? Tout aurait été différent. Cette vie m'aurait-elle convenu ? Aurais-je été heureuse, ou déçue ? Ma chère ville de Nice m'aurait-elle manqué ?

Aujourd'hui, je regarde cet épisode de ma vie avec beaucoup de tendresse. J'éprouve une immense gratitude envers cet homme, Walt Disney. Il m'aura appris qu'il ne faut jamais se résigner face à son destin, qu'une porte en ouvre une autre, et une autre, encore une autre…

Je ne me suis pas exilée aux États-Unis, et je ne l'ai jamais regretté.

Colette ou l'amitié avec un grand A...

Tout au long de ma carrière de speakerine et d'animatrice radio, j'ai eu l'immense privilège de rencontrer et d'interviewer des stars internationales, des personnalités hors du commun, des acteurs, des chanteurs, des artistes et des hommes politiques dont le parcours me faisait rêver quand j'étais gamine. Je ne me suis jamais laissée griser par ces rencontres. J'aurais pu me perdre dans des soi-disant amitiés ou des amourettes d'une nuit qui ne résistent pas aux premières lueurs de l'aube. J'aurais pu me laisser tenter par l'appel des paillettes. Tous les jours, je côtoie des artistes qui, par faiblesse, détresse, ou à cause de revers financiers, à un moment ou à un autre de leur vie, ont plongé dans des eaux troubles. Je ne les juge pas, car j'aurais pu, moi aussi, tomber dans de tels pièges.

Quand la vie vous sourit, les propositions pleuvent. On vous sollicite sans cesse. Publicités, photos... L'échec fragilise, mais le succès aussi. Et cela, peu de gens le savent. Tout à coup, votre visage est partout, vous faites la une des journaux, on vous demande votre avis sur tout et sur rien, vous devenez ce que l'on appelle, aujourd'hui, un *people*. À mes débuts, c'était sans doute un peu moins violent qu'aujourd'hui, où tout est déformé par les réseaux sociaux et la pression d'un monde où chacun veut à tout prix sa minute de gloire. On voulait devenir un artiste parce qu'on avait une passion pour la télévision, le cinéma, le théâtre ou la musique. Aujourd'hui, il semble qu'on veuille juste « être célèbre ». Je suis toujours stupéfaite de voir ces émissions de téléréalité dont les participants n'ont qu'une idée en tête : « devenir connu », figurer dans les pages des magazines *people*, et cela, à n'importe quel prix, fût-ce celui de perdre leur âme.

Ce qui m'a permis d'échapper à tout cela, c'est d'avoir été, *via* mon éducation très stricte, à l'école de la rigueur, de l'exigence, des valeurs morales. Depuis mes débuts de mannequin jusqu'à aujourd'hui, j'ai été consciente d'avoir une image à renvoyer au public qui me plébiscitait. J'avais le devoir absolu de ne pas le décevoir en me compromettant ou en acceptant des choses dégradantes.

J'ai aussi tenu la barre grâce à l'amitié avec un grand A.

Consciente des relations souvent superficielles que l'on noue avec les gens du show-business, j'ai privilégié les amitiés anonymes, celles qui ne brillent pas sous les feux des projecteurs. Bien sûr, j'ai quelques amis fidèles dans le milieu de la télévision, mais je garde toujours en tête de me méfier du contact trop facile, des numéros de téléphone que l'on s'échange après une émission, tout en sachant très bien que l'on ne se reverra pas. Tout cela, pour dire que Colette a débarqué dans ma vie au moment où j'avais le plus besoin d'elle !

Après ma mémorable histoire avec les Disney, je déprime un peu. J'ai vécu pendant près de trois mois dans un décor de film avec des gens qui se souciaient davantage de mon bien-être que du leur. Alors, oui, je ne sais plus trop où j'en suis. Je me pose un tas de questions, mais je ne trouve aucune réponse. Je sais pourtant qu'il est pour moi vital d'assurer mon indépendance financière. Le salaire de maman – elle est directrice d'une boutique de prêt-à-porter – nous permet de subvenir aux besoins courants. Si je veux pouvoir m'offrir des produits de beauté – j'adore ça ! – ou ce foulard Hermès dont je rêve depuis si longtemps, il faut que je travaille. Ce qui vient de m'arriver avec Disney me prouve que tout, absolument tout, passe par les rencontres, la patience… et le travail.

Mon diplôme de secrétaire de direction m'ouvre les portes de la plus grosse agence immobilière de Nice, avenue de la Victoire, à deux pas de chez nous. Je ne sais pas si décrocher ce job est une victoire, mais je fais contre mauvaise fortune bon cœur. Nous sommes une dizaine de secrétaires et l'ambiance, à défaut d'être glamour, est plutôt amusante. Mon patron, M. Charles, est gentil et très humain. Quatre ans plus tard, quand j'aurai acquis une certaine notoriété, je le retrouverai lors d'un dîner au célèbre restaurant *Le Pirate*, la cantine de Sinatra et des stars américaines de passage sur la Côte d'Azur. Dans les années soixante, ce lieu était réputé pour ses soirées bien arrosées, où les clients s'autorisaient tous les débordements, comme de casser le mobilier… « Denise, me dira-t-il alors, vous étiez tellement mignonne… Je voyais bien que vous faisiez des efforts, mais ce métier n'était vraiment pas fait pour vous ! »

Il y a donc M. Charles, et Colette. Parler de Colette est difficile, car les mots ne traduiront jamais assez ce que j'éprouvais pour elle – et que j'éprouve encore, car je lui saurai toujours gré de m'avoir ouvert les portes de TMC.

Dans l'alphabet de mes amitiés féminines, il n'y a qu'un seul prénom à la lettre C : celui de Colette.

Avec Colette, ma vie va prendre un virage à 180 degrés. Je ne le sais pas tout de suite, et la relation que je noue avec elle est tout d'abord un lien très simple. J'admire sa beauté racée, son style, sa douceur et sa générosité de cœur.

Je suis en poste depuis une semaine et, très vite, je me rends compte que rester devant ma machine à écrire est un véritable supplice.

Grâce à Colette, je vais tout de même tenir six mois, six affreux longs mois où je travaille mécaniquement, sans goût.

Je quitte l'immobilier, mais pas Colette qui, entre-temps, est devenue mon Amie, ma confidente. Elle croit en moi et cherche « la » bonne idée.

Le soir, à l'heure de la fermeture, je vais souvent chercher maman dans sa boutique de couture, avenue de la Victoire, qui depuis est devenue la célèbre avenue Jean-Médecin. Et je laisse mon esprit vagabonder entre les portants de robes et les étagères où sont disposés des accessoires de grandes marques. Je rêve devant l'inaccessible…

Ma mère compte, parmi ses clients, plusieurs journalistes de *Nice Matin*, dont Georges Rémond.

Elle lui confie que je cherche du travail, ce à quoi il suggère : « Pourquoi Denise ne deviendrait-elle pas mannequin ? Ce serait parfait pour elle… »

Et me voilà de nouveau en train de gamberger… sur un avenir fait de défilés ou de séances photos pour des marques prestigieuses, de voyages au bout du monde, de rencontres avec des célébrités, de séjours dans des palaces… Mon imagination n'a pas de limites. Colette, à qui j'en parle aussitôt, trouve l'idée formidable. « Tu as le physique pour ça, et puis c'est un métier où l'on bouge beaucoup, et c'est ce à quoi tu aspires, non ? »

Je suis à moitié convaincue. Mes amis m'aiment, et sans doute manquent-ils un peu d'objectivité.

Une autre femme a certainement joué un rôle important dans ma vie, et je sais que je lui dois beaucoup, car, sans le savoir, ce pygmalion aux méthodes brutales aura largement contribué à me faire sortir de ma chrysalide. Cette femme d'une trentaine d'années, qui semble tout droit sortie des pages d'un magazine de mode, ne dirige pas, à proprement parler, une agence de mannequins. Disons qu'elle jouit, dans la région, d'une certaine renommée. Les maisons de couture et les fabricants de tissu ont pris l'habitude de s'adresser à elle quand ils cherchent un modèle pour illustrer leurs créations.

Et manifestement, elle m'accorde sa confiance : je suis engagée. Enfin, presque. Car il va falloir que je fasse mes preuves. Son exigence et sa dureté sont connues. Quand elle « mise » sur quelqu'un, elle ne supporte pas d'être déçue.

Il s'agit d'apprendre à marcher, bien sûr, mais aussi de mettre sa personnalité en valeur.

Pendant quelques semaines, Micheline me distille son précieux savoir, puis elle me fait faire plusieurs essais, pour de courtes présentations, dans des maisons de couture de Nice. Satisfaite de mes prestations, elle m'annonce :

« Je crois que vous êtes prête, mais ne vous faites pas d'illusions. Ce métier est impitoyable. Vous allez l'apprendre sur le tas, et il faudra que vous vous accrochiez. Mes clients sont exigeants, et je ne peux pas me permettre de les décevoir. »

Le message est clair. C'est ainsi qu'un soir, je me retrouve, paralysée par le trac, sur l'un des podiums du Palais de la Méditerranée. Pour les autres filles, c'est un défilé parmi d'autres, pour moi, c'est un saut dans l'inconnu. Je suis terrifiée. Je panique. J'essaie de me rappeler tous les conseils qui m'ont été prodigués. J'applique à la lettre ce qui m'a été enseigné, le tout dans un brouillard total. Plus tard, on me dira que j'ai été « parfaite, très naturelle ». Moi, je ne me suis pas rendu compte de grand-chose.

Et commence une nouvelle vie. On me demande pour des photos ou des défilés. Visiblement, je plais aux photographes. Je voyage, surtout en Italie, où le glamour de la mode Côte d'Azur est très apprécié.

Maman commence à découper et à classer les photos qui paraissent dans des magazines de mode français et étrangers... Elle semble heureuse et apaisée. Je gagne bien ma vie et, surtout, je suis très encadrée. Et, pour maman, ce point n'est pas un détail.

Suis-je heureuse ? Je ne saurais répondre à cette question. D'un côté, je suis contente de travailler, de l'autre, je me rends vite compte des contraintes de cette existence. Me voilà obsédée par ma silhouette, mon physique. Plus personne ne me demande de parler. Je dois sourire, mettre en valeur des vêtements, un point c'est tout. J'ai l'impression de ne pas exister.

Les soirées et les sorties se déclinent toutes sur le tempo de la séduction. Les hommes, riches ou beaux, parfois les deux, se répandent en platitudes et en compliments convenus. J'assiste à certains de ces dîners stéréotypés, mais j'ai bien du mal à dissimuler mon ennui. Je souris poliment. Mes camarades ne semblent pas me comprendre. Visiblement, nous n'avons pas la même conception de la vie...

Je n'ai jamais porté de jugement sur celles qui rentrent à l'hôtel avec leurs riches cavaliers d'un soir. J'ai une éthique, et je tiens à la garder. On me prête alors un côté mystérieux, inaccessible, ce qui est à l'opposé de mon caractère! Au contraire, je suis simple et ouverte, j'aime les gens, mais je sais aussi ce que je veux et ce que je ne veux pas. Aussi, quand je le peux, je choisis de rester seule avec un bon bouquin.

Cela n'empêche pas qu'on m'envoie des fleurs, ni que l'on me demande en mariage... De belles paroles, encore. L'amour? Je n'y songe même pas. Et je sais bien que ce n'est pas dans ce contexte que je vais le trouver...

Mon pire souvenir de mannequin reste le Salon du prêt-à-porter, à Paris, manifestation réservée aux professionnels de la mode. Les clients se pressent dans une ambiance du genre « couloir de métro aux heures de pointe ». Là, dans un stress inimaginable, je me livre à un véritable marathon, en présentant des dizaines et des dizaines de modèles. Coiffure, maquillage, tout doit être parfait.

Je m'habille et me déshabille à la hâte, entre deux paravents de fortune, en jouant à cache-cache avec les regards indiscrets de quelques-uns de ces messieurs qui trouvaient de bons prétextes pour justifier leur présence. C'est odieux. À cette occasion, je comprends que ce monde n'est pas le mien. Mais je ne me laisse pas abattre. Je trace ma route, en serrant les dents. J'essaie de voir le côté positif de cette expérience. Et ce côté positif, c'est Colette, ma chère amie Colette qui le pointe du doigt, un jour où je suis particulièrement fatiguée et cafardeuse : j'ai gagné en assurance. Je me sens à l'aise à peu près partout et, quand le trac monte, j'arrive à peu près à le dompter... Colette a raison : j'ai vraiment changé. Il va donc forcément se passer quelque chose dans ma vie. Mannequin n'est pas un but en soi. C'est une étape. Et je n'ai toujours pas renoncé à mon rêve d'être hôtesse de l'air...

Je ne suis pas la seule à mener mon petit bonhomme de chemin : Colette m'annonce le plus naturellement du monde qu'elle va postuler pour un poste de speakerine à TMC. Télé Monte-Carlo !

Je ne suis pas vraiment surprise. Elle est tellement jolie, tellement gracieuse et élégante dans sa façon de s'exprimer, elle est tellement tout ! Je suis ravie pour elle, et je ne doute pas un instant qu'elle va être choisie. Pour moi, c'est la femme idéale. Elle sera parfaite sur le petit écran !

À ce moment-là, je suis loin, très loin de ce monde de la télévision. Plus que jamais, je veux arrêter le mannequinat. Hélas, mes vingt et un ans sont encore loin…

Entre deux essayages, Colette m'écoute, me console, avec une patience infinie. Puis vient le jour où elle passe ces fameux essais pour être speakerine. Je l'accompagne, assez excitée tout de même. Fière, aussi. Je mobilise ma famille et mes amis pour un vote massif : c'est ma meilleure amie, et je veux bientôt voir sa jolie frimousse sur le petit écran !

La vie est pleine de surprises. Je n'en ai jamais douté. Malgré les épreuves, les déceptions, les chagrins de la vie, nos destinées ne sont pas linéaires. Parfois, un petit miracle se produit, et, le plus souvent, au moment où l'on s'y attend le moins. Ce n'est pas un travail de speakerine que Colette va décrocher, mais l'amour de sa vie…

Mon image sur le petit écran

Colette n'a pas raté son audition, bien au contraire. Et si Cupidon ne s'était pas interposé, il est probable que mon amie aurait été engagée. Quand j'y pense aujourd'hui, cela me trouble. Et je me dis que le hasard n'a pas de place… C'est Georges Caisson en personne, le directeur des programmes de Télé Monte-Carlo, qui a auditionné ma jolie amie. L'équipe technique, présente ce jour-là, a assisté à un coup de foudre en direct.

Ils se marièrent et furent très heureux… Le jeune couple ne souhaite pas mélanger vie privée et vie publique. Colette devient très vite Mme Caisson. Je suis tellement heureuse pour elle. De mon côté, très occupée à apprendre le métier de mannequin, j'en découvre aussi les aspects les plus tyranniques, comme un perfectionnisme souvent angoissant. J'enchaîne les séances de photos et les défilés, sans mot dire. On me demande, on me redemande. Je fais face, mais je sens bien que je ne vais pas supporter longtemps cette forte pression.

Colette, qui s'inquiète pour moi, me dit un jour: « Denise, mon mari m'a dit que Télé Monte-Carlo cherchait de nouvelles présentatrices. Mets à profit ton expérience de mannequin et tente ta chance! Je t'imagine très bien dans ce nouveau rôle. »

Ma force, c'est sans doute d'avoir toujours préféré le: « Pourquoi pas? » au: « Non, c'est impossible. » J'étais pourtant pétrie de doutes, je me cherchais, mais je restais toujours sur le qui-vive, prête à me lancer des nouveaux défis. Ma curiosité naturelle, mon enthousiasme me poussaient à m'aventurer en terres inconnues. C'était ma façon de tenir jusqu'à ma majorité, jour où je goûterais à une liberté totale. Colette me précise que son mari me donnera tous les conseils nécessaires pour réussir mes « essais », et son aide s'est révélée précieuse... Bien sûr, il n'est pas le seul à décider, et notre amitié, au reste peu connue, n'influera pas sur le choix. Ce que je préfère. Ainsi, je vais vraiment pouvoir m'exprimer en toute liberté, montrer ce que je peux faire. Par ailleurs, ce qui m'encourage à essayer, c'est que Télé-Monte Carlo cherche des filles qui ont soif d'apprendre et sont capables de rigueur.

Ce jour-là, nous sommes toutes terrorisées, totalement tétanisées par le trac. Mais il est exclu de montrer tout signe de faiblesse. Par bravade, aucune n'ose se trahir vis-à-vis des autres.

Devant un jury invisible et sous l'œil impitoyable de la caméra, nous avons quelques minutes pour défendre notre candidature. Un petit signe d'encouragement de Georges Caisson, qui est quelque part « hors champ », et c'est parti. Dans un premier temps, il s'agit de lire un texte en anglais. Merci l'Angleterre, merci M. Disney, merci mon job de guide : je m'en sors bien ! Le deuxième test est également à mon avantage, grâce à ma formation de mannequin. Se mouvoir avec aisance n'a plus de secret pour moi. En revanche, lorsqu'il s'agit de réciter à la lettre, sans bafouiller, le petit texte qu'on nous a remis en arrivant et que nous avons dû mémoriser à toute vitesse, les choses prennent une autre tournure. Dans la cabine-studio, je dois annoncer, sans l'aide d'aucun prompteur, le film qui passe chaque soir. Je pense tellement à bien faire, à ne pas me tromper, que je trébuche. L'horreur ! « Bien, Mademoiselle. Nous vous rappellerons. » Sur cette petite phrase, la même pour toutes les candidates, je sors du studio, déçue de moi-même. J'aurais pu faire mieux. Dans le bus qui me ramène à Nice, ma tête bourdonne.

En arrivant à la gare routière de Nice, je me souviens d'avoir noté fébrilement, sur un petit carnet noir, les horaires des cars pour Monte-Carlo. J'étais mécontente de mon essai, mais je bâtissais déjà des châteaux en Espagne ! Je me disais que si, par bonheur, j'étais prise, il allait falloir que je m'organise. Il n'était pas question de lâcher la proie pour l'ombre : en d'autres termes, abandonner le mannequinat pour une hypothétique carrière à la télévision. Les speakerines étaient à l'antenne de

16 heures à 23 heures. Ne possédant pas de voiture, j'allais devoir m'arranger pour jongler entre ces deux jobs.

Anxieuse, nerveuse, irritable, je tourne comme un lion en cage, consciente de la situation dans laquelle je me suis mise. TMC *doit* m'appeler. C'est ma dernière chance.

Un soir où maman et moi sommes en train de dîner, une sonnerie banale vient mettre de l'exceptionnel dans notre petite soirée placée sous le signe de la morosité : je suis retenue par TMC !

« Denise, c'est Georges. Ta candidature a été retenue. Nous avons choisi deux filles, Noëlle Noblecourt et toi. Tu es engagée à l'essai. »

Puis ma chère Colette saisit le combiné et me félicite chaleureusement :

« J'étais sûre que ça marcherait. C'est formidable ! Georges m'a dit que tu corresponds exactement à ce qu'ils cherchent. Tu débutes dans des conditions idéales. Tu n'as vraiment aucun souci à te faire, mon mari te donnera tous les tuyaux nécessaires. L'essentiel, c'est de jouer sur ta gentillesse naturelle, ton sourire, et d'être toujours à l'heure. »

Je suis totalement sous le choc, éberluée, ravie. Maman a les yeux qui brillent et, à l'autre bout de la ligne, Colette jubile :

« Tu dois te présenter après-demain soir. Tu seras seule à l'antenne. C'est toi qui auras la responsabilité de présenter le programme de la soirée. Encore une fois, ne t'inquiète pas : ici, tout le monde est ravi. Les techniciens sont adorables, ils vont te mettre à l'aise… Viens en avance, comme ça, tu auras le temps de mémoriser tes textes ! »

Je laisse Colette parler. Je ne réalise pas vraiment ce qui se passe. J'ai dix-neuf ans. Le temps n'est pas si loin où je tapais des lettres sur une machine à écrire dans un bureau tristounet… Me voilà aujourd'hui à Télé Monte-Carlo. Le chemin parcouru en seulement quelques mois me donne le vertige. Vais-je être à la hauteur de ce qu'on me demande ?

Très vite, un obstacle majeur se dresse : j'ai débuté une séance photos très importante réalisée par un célèbre photographe anglais, entièrement en extérieur. Ces photos de groupe prennent tant de retard, en raison du mauvais temps, que la dernière séance finit par se télescoper avec la date retenue pour mon premier passage à l'antenne sur TMC.

Je considère devoir informer la direction artistique de mon souci d'emploi du temps dès la veille, sans crainte, dans la mesure où mon absence passerait inaperçue en raison du grand nombre de mannequins figurant sur les photos.

Je prends mon courage à deux mains, explique la situation.

La réponse qui m'est faite est pourtant sans appel. La responsable a son œil glacé des mauvais jours. Et moi, je tremble comme une feuille devant cette femme qui mène son petit monde à la baguette, avec parfois une dureté qui me rappelle mes années de pensionnat :

« Ma petite, vous travaillez pour moi, que je sache, pas pour TMC. Je vous ai suffisamment répété que quand on a un engagement, on le respecte jusqu'au bout. Je n'ai que faire de Télé Monte-Carlo. »

Je reçois cette réponse comme une gifle. J'ai toujours honoré mes contrats avec le plus grand sérieux, et ma seule et unique requête m'est refusée ! Je rentre à la maison toute chamboulée. Maman m'apporte son soutien, consciente de la formidable opportunité qui se présente à moi.

Après une nuit blanche, je me présente à la séance photos. Il est 9 heures du matin. La météo est à l'image de ce que ressens : l'orage n'est pas loin… Et qui dit temps gris dit mauvaises conditions de travail. Mes débuts sur TMC semblent bien compromis.

Vers midi, la tension est à son comble. Le photographe est soucieux, la responsable est d'une humeur exécrable, et moi, je me liquéfie, voyant les minutes qui s'écoulent.

L'équipe cherche, en vain, le bon angle, la bonne lumière… Je gamberge. Je suis face à un sacré dilemme. En même temps, mon choix est déjà fait…

Je décide de braver l'interdit. Je m'approche de la responsable et lui dis, d'une petite voix timide :

« Je n'ai pas pris le temps de déjeuner, ce matin. Je commence à avoir mal au cœur, est-ce que je peux aller acheter un en-cas ? J'en ai pour une minute. »

Elle me toise. Je mise sur ma mine défaite pour la faire céder.

« D'accord. Mais je vous aurais prévenue, Denise. Si vous ne respectez pas votre contrat, je me verrai obligée de prévenir votre mère. »

Prévenir ma mère ? Cela m'est bien égal. Je suis déjà dans le bus qui mène à Monte-Carlo. Pendant le trajet, je passe en revue toutes les recommandations que m'a faites Georges Caisson. Je n'en mène pas large, et à mon arrivée, avenue Princesse-Charlotte, à Monte-Carlo, je peux à peine respirer.

En arrivant au studio, je découvre un univers fascinant : celui du direct. Sur le plateau, les machinistes courent dans tous les sens, le réalisateur tente de se faire entendre dans le brouhaha… Je pénètre à l'intérieur d'une ruche. Je me sens tout à coup bien seule. En même temps, je comprends très vite que les techniciens sont là pour me protéger, pour parer au moindre faux-pas. Ils ont été d'emblée (et le sont toujours) mes alliés les plus précieux. Leur présence me rassure. Je sais qu'en cas de problème, je peux compter sur leur aide. Nous formons une véritable équipe, car chacun poursuit le même but : que tout se passe sans anicroche une fois que le rouge de la caméra s'allumera. Dans un studio de télévision, il existe une solidarité formidable entre les techniciens et ceux qui passent à l'antenne.

L'instant crucial approche, mais, paradoxalement, je me sens assez sûre de moi… Je connais mes textes sur le bout des doigts – une simple annonce-programme –, je sais où poser mon regard, comment me tenir, bref, je suis assez confiante. Toutefois, j'ai un petit pincement au cœur quand je pense à toute ma famille, installée devant le poste de télévision, qui attend que je passe à l'antenne. J'espère ne pas les décevoir.

Quand le rouge s'allume, je me lance… Et, pendant quelques secondes, cela se passe plutôt bien. Mais tout à coup, je me fige. C'est le trou complet. Comme une explosion dans ma mémoire. Je perds totalement pied. Je sombre. J'ai tout oublié. Me voilà perdue, incapable de me reprendre, de rebondir sur une phrase laissée en suspens. L'œil glacé de la caméra me fixe, je panique. Je découvre le trac, le vrai, ce moment atroce où l'anxiété prend le pouvoir sur la raison. Je ne trouve, ce jour-là, qu'un seul moyen de mettre fin à mon supplice : je crie un « Coupez ! Coupez ! » dont j'entends encore aujourd'hui l'accent plaintif.

Le visage enfoui dans mes mains, je tremble de honte. Tout s'effondre. Et, comme pour me donner raison, un silence terrible s'établit dans le studio.

Le premier à venir me réconforter, c'est Georges Caisson. Il a l'air calme, et apaisant. Je ne comprends pas. La situation m'échappe. Je viens d'offrir un spectacle affligeant, et il ne semble pas m'en vouloir. Je lève vers lui des yeux brouillés de larmes. Il sourit. « Denise, ce n'est pas la fin du monde ! Tu débutes, ce qui vient de se passer est tout à fait normal ! »

Alors que je m'attends à ce qu'on me dise de rentrer chez moi, voilà que Georges me parle de ma prochaine annonce, dans la demi-heure qui suit ! Décidément, les dieux sont avec moi.

« Pour une première fois, ce n'était pas mal du tout, Denise. Par contre, comme on n'a pas très bien compris tous les programmes de la soirée, il va falloir les redonner brièvement à 20 heures… »

Puis Georges m'explique ce qui s'est réellement passé pendant que je pataugeais entre les lignes de mon texte. Les techniciens, conscients d'avoir en face d'eux une toute jeune débutante, étaient sur le qui-vive, prêts à intervenir. Et c'est ce qu'ils ont fait. Dès qu'ils m'ont vue en proie à cet affreux trou de mémoire, ils ont *« shunté »* au noir, comme on dit dans le métier, pour que les téléspectateurs n'aient pas conscience de la catastrophe.

Plus j'écoute Georges, plus je suis furieuse contre moi-même. Bien naïvement, je me fais la promesse que je ne serai plus jamais victime de ce genre d'incident… Je pense à Colette, à qui je dois tant, et à tous ceux qui m'ont fait confiance. Ils doivent être tellement déçus !

Georges Caisson ne me laisse pas le temps de m'apitoyer sur mon sort. Il tient à ce que je fasse ma deuxième annonce. Et il a raison. J'ai pu constater maintes fois, dans mon métier comme dans ma vie privée, combien il est important de ne pas rester sur un sentiment d'échec. On tombe, ce n'est pas grave, c'est la vie, c'est comme ça. L'important, c'est de se relever tout de suite, et de recommencer sans attendre. Et ce soir-là, ma deuxième prestation fut conforme à mes attentes

De retour à la maison, la réalité est nettement moins glamour… Je m'aperçois que mon départ impromptu de la séance photo a amené la responsable à mettre ses menaces à exécution. Elle a immédiatement téléphoné à TMC, pour s'entretenir avec Georges Caisson et tenir des propos très désobligeants sur mon compte, dans le seul but de mettre fin à ma toute jeune carrière. Si Georges a l'intelligence et la bonté de ne pas faire cas de ce coup de téléphone – Micheline se heurte à bien plus puissant qu'elle –, il n'en va pas de même pour maman, que cette responsable a également alertée. Ivre de rage, elle lui a annoncé qu'elle allait se charger de ma réputation, et que je ne pourrais plus jamais travailler comme mannequin.

« Qu'est-ce que c'est que cette histoire ? Qu'as-tu encore fait ? » s'écrie maman, contrariée.

Heureusement, elle me laisse m'expliquer et finit par réaliser l'injustice dont je suis victime.

Cette « intervention » fera bien plus que briser ma réputation de mannequin. Le photographe, lui aussi, s'était répandu en propos peu amènes sur mon compte : ce qui explique sans doute qu'il ne daignera jamais me régler ma dernière séance de photos, mais exploitera mon image dans toute la presse, sans aucun scrupule, durant plusieurs années.

Le trac… Aujourd'hui, après plus de quarante années passées au service du petit écran, je crois pouvoir dire que je le maîtrise à peu près. Il est toujours là, mais je fais avec. Au cours de toutes ces années, j'ai appris à gérer ma peur, à ne pas la laisser prendre le dessus. Au début, je me suis mise à fumer beaucoup ! Avoir une cigarette à la main m'aidait à garder une contenance et atténuait considérablement mon stress. Puis, un jour, j'ai tout arrêté, par peur des conséquences que pourrait avoir cette addiction sur ma santé. J'ai dû me débrouiller sans. Le trac s'estompe-t-il avec l'âge ? Je crois pouvoir dire que non. Pourquoi ? Parce qu'on a de plus en plus conscience des choses. La légèreté et l'inconscience de la jeunesse sont derrière soi. Et l'expérience acquise vous rend de plus en plus exigeant avec vous-même. Tous les artistes que j'ai rencontrés m'ont dit à peu près la même chose. Et souvent, ce sont ceux qui n'ont plus rien à prouver qui ont le plus le trac, la peur de décevoir leur public. En même temps, cette fameuse boule dans la gorge qui survient au moment où l'on s'y attend le moins est le cœur même de ma profession. Le symbole vivant du direct. Tous les présentateurs, tous les animateurs ont, un jour ou l'autre, été victimes du trou de mémoire, de la fraction de seconde où tout peut virer à la catastrophe.

Un jour, au festival de Télévision de Monte-Carlo, j'ai eu le plaisir de rencontrer cette formidable actrice qu'est Rosy Varte. Juste au moment de monter sur scène – elle devait recevoir un prix, et donc, dire quelques mots de remerciement –, elle m'a pris la main et l'a serrée fort. « Denise, m'a-t-elle dit, tu ne peux pas savoir comme j'ai le trac. » Je l'ai regardée, émue. Cette grande dame, adorée des téléspectateurs, doutait encore et toujours.

J'ai toujours en tête cette anecdote qui, paraît-il, met en scène Sarah Bernhardt et une toute jeune actrice qui vient la voir en coulisses, juste avant d'entrer en scène. « Madame, vous avez le trac, c'est terrible, lui dit-elle, moi, je n'ai jamais le trac… » Sarah Bernhardt lui tapote la main gentiment, et lui répond, royale : « Vous verrez, ma petite, le jour où vous aurez du talent… » J'ignore si cette anecdote est véridique, mais elle a su me réconforter dans les moments de doute – et, tout comme moi, nombre de mes amis.

On ignore tout de l'image que l'on renvoie aux autres. C'est vrai dans la vie en général, et ça l'est encore plus quand il s'agit de télévision. Alors que je me suis sentie misérable lors de mes premiers passages, je vais découvrir que le public m'a soutenue dès la première seconde où mon visage est apparu sur l'écran : par des témoignages, des mots simples, il a su me redonner ce qu'il faut de courage pour assumer mon statut de présentatrice la plus jeune du monde.

À ce moment-là, les speakerines ne sont jamais à l'antenne deux soirs de suite, ce qui me permet de peaufiner les textes et de continuer à apprendre. Plus j'ai de temps devant moi pour répéter, plus je panique. Ce sera toujours ainsi. Plus tard, quand les émissions seront presque toutes préenregistrées, j'aurai beaucoup de mal à refaire des prises. À chaque fois, j'y laisserai un peu de ma spontanéité. « Parler naturel », c'est une des grandes forces du direct, et j'aime ça. Une speakerine ne joue jamais. Quand j'entre dans ma cabine-studio, je ne suis pas Denise-Fabre-qui-va-interpréter-le-rôle-d'une-présentatrice-de-télévision. Je reste toujours moi-même. À l'inverse des acteurs qui ont un texte, des dialogues, des situations derrières lesquels ils peuvent s'abriter, je travaille sans filet. Chaque soir, c'est le grand saut. Et les téléspectateurs ne s'y trompent pas. C'est ainsi qu'à mes débuts à TMC, je me suis fixé une règle d'or: toujours prévoir le pire. Le pire n'est jamais certain, mais il est souvent là !

Je prépare chacune de mes apparitions à l'antenne comme si c'était la première. Que l'émission dure deux minutes ou une heure, je déploie la même énergie, la même force de concentration. Je veux être en mesure de prouver à ceux qui m'ont donné ma chance qu'ils ont eu raison. Je dois me concentrer quelques secondes avant que le rouge s'allume. J'ai besoin de me replier sur moi-même, de m'isoler pour ensuite donner le meilleur. Aujourd'hui, ce cérémonial m'est toujours nécessaire, malgré l'expérience.

Mes années Télé Monte-Carlo sont placées sous le signe du travail. Si je commence à avoir conscience de mes atouts – ma proximité avec le public, mes fous rires, ma jeunesse –, j'ai aussi conscience de mes faiblesses : ma diction, et ce fichu trac qui ne me lâche pas. Mais je fais avec. J'apprends mon métier, et toujours dans la bonne humeur.

Et puis, il y a les besoins de la pub : Ces mini-sketches que je joue, en direct, dans des circonstances souvent rocambolesques, ont le mérite de m'aguerrir. Je bafouille, j'éclate de rire, je me trompe, on recommence, mais je n'échangerais pas ma place pour tout l'or du monde.

« La minute Lustucru » reste à jamais gravée dans ma mémoire. Un soir, à peine arrivée au studio, je me retrouve avec deux poules dans les bras. Affolée, je demande des explications aux machinistes.

« Ne t'inquiète pas, elles sont dressées », m'affirme-t-on pour me rassurer.

Le réalisateur m'entraîne vers une sorte de devanture bleue et blanc estampillée Lustucru, bricolée à la va-vite par les décorateurs, pour l'occasion. Les malheureuses poules, coincées dans mes bras, se débattent. J'ai bien du mal à les maintenir. D'autres poules vont et viennent sur le plateau. Des assistants essaient tant bien que mal de les maîtriser. Certains courent après elles en criant. La situation est burlesque.

J'ai tellement envie de rire que je ne sais pas comment je vais pouvoir assurer mon annonce. En vraie professionnelle, je fais bonne figure, et quand le metteur en scène demande le silence, je me redresse, tout sourire, les poules serrées contre moi.

« Denise, c'est à toi ! »

D'un pas assuré, je me dirige vers l'échoppe, je ravale ma salive et prononce :

« Pour le goût, il n'y a que Lustucru ! »

Et je vais prononcer cette petite phrase une bonne dizaine de fois, sous le regard exaspéré du réalisateur. Car les poules ne sont pas dans leur meilleur élément, sous la chaleur des projecteurs. Elles battent des ailes, lancent des *cot-cot* assourdissants. Toute cette agitation les effraie. Et, contrairement à ce qui m'a été dit, elles n'ont pas du tout été préparées à une telle galère, d'ailleurs est-ce possible ?

Dans le studio, c'est l'hilarité générale. Néanmoins, je ne peux pas me permettre de faire capoter l'affaire. L'annonceur est sur le plateau, et je sais qu'il ne tolérera pas la moindre erreur dans mon texte.

Après plusieurs essais, plus catastrophiques les uns que les autres, je me lance, en direct cette fois-ci. Pour parer à un éventuel trou de mémoire, j'ai tapissé le studio entier de mémos ! Il y en a partout : sur les murs, sur la caméra, sur le sol… Et, comme il fallait s'y attendre, je m'emmêle les pinceaux En pleine annonce, je pars d'un fou rire mémorable.

Ma prestation terminée, je m'effondre, persuadée une fois de plus que je viens de signer mon arrêt de mort. Je vais me faire virer, c'est sûr. Et tout cela à cause de deux malheureuses poulettes.

C'est compter sans le verdict du public, ce public qui a toujours été dans mon sens, sans doute parce qu'il me sait sincère et soucieuse de bien faire. Le standard s'affole ! Les téléspectateurs se manifestent en masse : ils ont adoré ! « C'était drôle, Denise, on est avec toi ! »

Les jours suivants, je m'efforce de corriger le tir, de me montrer un peu plus digne, avec mes deux poulettes dans les bras, mais voilà que mon public proteste. Il me préfère quand je ris aux éclats ! Ce soutien me conforte dans l'idée que l'on peut conjuguer professionnalisme et naturel. Les téléspectateurs m'aiment telle que je suis, avec mes imperfections et ce fou rire qui va devenir, très vite, ma marque de fabrique…

Bientôt, on n'attend plus la minute Lustucru, mais la minute Denise Fabre. Plus question d'enregistrer ces fameuses « réclames » à l'avance. Le public me veut, en direct, avec l'œil pétillant et la bouche en cœur. Et en redemande côté catastrophes. Je tiens à préciser que ces catastrophes, je ne les fabrique pas pour plaire au téléspectateur, elles arrivent toutes seules. Les mises en scènes farfelues concoctées par les réalisateurs ouvrent la porte à cette gaieté naturelle que j'ai toujours eue en moi malgré les épreuves. Le rire est une philosophie de vie. Je n'ai jamais prémédité ces fous rires dont on me parle encore aujourd'hui. Ils font partie de moi. Savoir revenir à des choses simples et joyeuses quand tout devient un peu trop dramatique est une nécessité pour moi, une forme d'élégance, aussi, et de respect pour ce public à qui je dois tout.

Ainsi, je m'exerce à la publicité, dans des conditions artisanales et pour les enseignes les plus diverses. On me veut aussi bien pour les « 3J » des *Galeries Lafayette* que pour du fromage de Hollande ou une marque de vêtements. Je suis partante pour tout. On me déguise, on me demande de faire des choses à la limite du ridicule, mais j'assume. Le soir, à l'heure du dîner, j'entre chez les Niçois et les Azuréens, affublée de costumes régionaux très kitsch, avec quelques lignes de texte que j'arrive rarement à dire jusqu'au bout… Me voilà en Lorraine, en Savoyarde, en Auvergnate, en Normande…

Je m'amuse comme une folle. Quand j'ai postulé pour devenir speakerine, certains de mes amis n'ont pas caché leur incompréhension : « Marie-toi et profite de la vie ! m'ont-ils dit alors, qu'as-tu besoin d'aller faire des simagrées à la télévision ? » S'ils savaient comme je suis heureuse, ici, dans cette atmosphère loufoque mais tellement créative !

Plus tard, quand j'arriverai à Paris et qu'on me dira : « Il faut dix ans pour faire une bonne présentatrice », je mesurerai la chance que j'ai eue de faire mes débuts sur TMC. À faire ainsi le pitre, j'avais pris, sans le savoir, une avance sur bon nombre de mes concurrentes. Je m'étais fabriqué à mon insu ce qui m'attirerait les sympathies du public.

*

Télé-Monte Carlo avait compris, avant tout le monde, comment attirer devant l'écran un large éventail de téléspectateurs. Car chacun y trouvait son compte, de l'enfant à l'adolescent, en passant par les adultes et les anciens. Mes consœurs et moi-même apportions notre petit grain de folie juste avant le grand film du soir. Aucune d'entre nous n'avait alors l'impression de se rabaisser ou d'écorner son image. Notre crédibilité n'était pas mise en cause. Car la chaîne nous apprenait à passer sans transition d'un petit sketch de pub à la présentation d'un film ou d'un documentaire plus sérieux…

Bien sûr, le travail à fournir est colossal. Nous sommes en studio de 16 heures à minuit, parfois plus. Il ne nous viendrait pas à l'idée de compter les heures, et chacune est consciente de vivre un rêve. Et puis, Monte-Carlo, c'est *le* lieu le plus prestigieux au monde. La principauté est une féerie. Acteurs célèbres, princes et princesses, rois et reines, anonymes, on vient des quatre coins de la planète pour voir la princesse Grace et le prince Rainier, emblèmes mythiques de cette bulle de glamour accrochée au rocher le plus célèbre du monde…

Tout le monde me dit : « Denise, ne quittez jamais la Côte d'Azur. » Ils prêchent une convaincue ! N'empêche, il m'arrive parfois de penser à Paris. Il faut dire qu'à TMC, pas un jour ne passe sans que quelqu'un me parle de la capitale : « Le jour où vous saurez faire une annonce comme celles de Paris, vous pourrez prétendre à être une présentatrice, pas avant… »

Je dois avouer que Catherine Langeais, Jacqueline Huet, Jacqueline Caurat et Anne-Marie Peysson m'impressionnent. Je passe des soirées entières devant la télévision à décortiquer leurs prestations qui, bien sûr, sont parfaites. Les « Parisiennes », comme on les appelle, représentent à la fois le glamour et un professionnalisme impressionnant. On ne fait pas que les regarder, on les écoute.

Je sors mes griffes pour défendre « mon » Télé Monte-Carlo. Et je balaye d'un éclat de rire cette petite voix au fond de moi qui me souffle qu'un jour, forcément, je vais avoir envie de me mesurer à la capitale…

Pour l'heure, je vis mon conte de fées minute par minute. Oui, il y a du travail. Mais c'est du concentré, de l'intense, avec les battements de cœur assurés. Beaucoup de jeunes femmes que je vois autour de moi sont déjà mariées et mères de famille… Elles ne travaillent pas, et doivent avoir l'autorisation de s'acheter un sac ou une paire de chaussures. Ce mode de vie n'est pas pour moi. Je n'ai jamais voulu dépendre d'un homme, matériellement. Avoir mon indépendance financière est primordial, à mes yeux. Je gagne bien ma vie, à Télé Monte-Carlo, et je peux enfin me faire plaisir et faire plaisir à ceux que j'aime. C'est un bon début. Mais rien ne vient sans rien, dit-on. Je bosse. Tout le temps. Et parfois, il m'arrive de craquer. Je ris beaucoup, mais je pleure presque tout autant, le soir, quand je rentre, épuisée, à la maison. En même temps, je n'aurais pas survécu à un emploi du temps tout tracé, routinier, ce « 9 heures-18 heures », avec une heure pour déjeuner. J'aimais et j'aime toujours travailler quatre ou cinq jours d'affilée, quasiment vingt-quatre heures sur vingt-quatre, avant de me poser, et de ne rien faire pendant quelques jours.

Ce qui est amusant, c'est que j'aurais eu ce genre d'emploi du temps si j'avais été hôtesse de l'air. Sans doute était-ce aussi pour fuir la routine que j'avais jeté mon dévolu sur ce métier, qui, il faut le préciser, était, pour une jeune femme, le métier le plus glamour de l'époque : toutes les filles de ma génération voulaient être hôtesse de l'air ! La télévision et le cinéma faisaient figure de parents pauvres, à côté du bel uniforme et de la possibilité de parcourir le monde.

Les mois passent, et je prends de l'assurance. Maman est à la fois ravie de mon statut de speakerine, et rassurée par le fait que mon patron n'est autre que le mari de ma meilleure amie. Pour elle, c'est un gage de sécurité. Et me voilà toute chamboulée, quand je vois briller cette petite flamme de fierté dans ses yeux. Je pense à ces longs mois où certains de mes proches traversaient la rue pour éviter de me saluer, persuadés que je ne ferais rien de ma vie... Les choses ont évolué, mais, pour autant, ils restent toujours dans leur coin. Plus pour les mêmes raisons, cette fois... Mais ma mère, avec son adorable naïveté, ne comprend pas pourquoi ils s'obstinent à décliner ses invitations à prendre le thé ou l'apéritif.

Un jour, amusée, je lui glisse à l'oreille, avec une délectation que je ne songe pas à dissimuler : « Maman, ils sont jaloux, c'est tout ! » Et, merveilleux cadeau de la vie, nous en rions ensemble.

C'est le moment où la télévision prend de plus en plus d'importance. Elle s'invite dans les foyers chaque soir, les programmes sont de plus en plus riches. De nombreuses stars, de passage sur la Côte d'Azur ou en tournage dans les studios de la Victorine, y sont interviewées. Je prends conscience que je dois rester à l'affût, ne pas m'endormir sur de relatifs lauriers. Certes, j'ai mon extrême jeunesse pour moi, le public m'aime bien, mais je réalise que ma position est fragile – elle le sera toujours, nos métiers sont soumis à cette cruelle réalité –, et cela m'inquiète. D'autres jeunes femmes, moins expérimentées que moi mais plus arrivistes, s'arrangent pour faire parler d'elles dans les journaux…

Je l'ai déjà dit : je n'ai jamais été une carriériste, quelqu'un qui veut la gloire à n'importe quel prix. Je n'ai jamais été capable de décrocher un téléphone et de raconter des anecdotes plus ou moins vraies sur ma vie personnelle pour faire parler de moi. Je ne sais pas me vendre. Mais à ce point de ma toute jeune carrière, il est temps que je sorte un peu, que je me fasse de nouveaux amis, que je m'émancipe.

Les copains d'abord !

Liens du cœur, ou liens du sang ? Parfois, les uns sont plus forts que les autres, ceux qui vous sont imposés dès votre naissance. Quand un ami entre dans ma vie, il entre aussi dans ma famille. Mes vraies amitiés ont résisté à tout : mes traversées du désert – il y en a, dans ce métier, et il faut les accepter, car on ne peut toujours être en haut de l'affiche –, mes deux mariages, mes moments de doute, le chagrin qui m'a donné envie de tout arrêter après la mort de ma mère, le temps qui passe et qui use… Et même si, parfois, nos emplois du temps nous éloignent, ma « bande » est la même qu'à mes débuts – ou presque, car nombre de mes amis ont tiré leur révérence…

Un coup de téléphone, une visite éclair, et c'est comme si rien n'avait changé. Moretti et ses copains, ce sont les rencontres clés qui vont m'ouvrir les portes de ma nouvelle vie. Une vie que je suis bien loin d'imaginer.

Pendant cette première année passée à TMC, j'ai mis de côté toute vie amoureuse, mais pas ma jeunesse ! Et ma jeunesse, c'est le jazz, les crooners américains, James Dean et Marlon Brando, le rock, les Stones et les blue-jeans, la « soif d'autre chose », comme le dit alors le slogan d'une boisson américaine bien connue. Ma jeunesse, c'est aussi le festival de Cannes et son *red carpet*. Comment pourrais-je oublier mes virées entre copines pour aller assister à la montée des marches ? Chacune y allait de son commentaire admiratif sur le décolleté vertigineux d'une robe de grand couturier, une parure de diamants ou un chignon bouclé à la perfection par Alexandre de Paris, coiffeur star du moment…

À cet instant précis, si on m'avait dit que, bientôt, je monterais sur la scène du Sporting de Monte-Carlo pour présenter des spectacles ou des galas de charité et m'adresser à un premier rang composé d'Onassis, de la Callas, de Sophia Loren et tant d'autres célébrités, j'aurais pensé que c'était une plaisanterie. Et pourtant, je l'ai fait ! Pétrie de trac, mais je l'ai fait !

Georges Caisson a-t-il jugé que j'étais capable de passer à la vitesse supérieure ? Sans doute. Car ce grand directeur des programmes ne m'a jamais favorisée en quoi que ce soit. Il connaissait ma rigueur et ma droiture. Certes, il avait épousé ma meilleure amie, mais nous gardions naturellement nos distances.

Quoi qu'il en soit, mon directeur des programmes, après ces mois d'apprentissage, m'encourage à me lancer dans des interviews de stars confirmées. C'est une grande première, car, jusqu'à présent, les speakerines s'en tiennent à la présentation des programmes et des publicités. À la fois affolée et excitée à l'idée de faire de nouvelles rencontres, je me mets dans la peau d'une journaliste. Ma mission est risquée, mais j'ai toute latitude pour organiser ce nouveau challenge.

Ma tâche consiste à me rendre aux studios de la Victorine et à repérer les célébrités internationales qui sont en tournage ou sur le point de l'être. Comme mission, j'ai connu pire ! Journaliste, attachée de presse, tout me va, je suis dans mon élément. La Victorine ne m'est pas vraiment étrangère. J'adore cet endroit où se pressent des gens plus étonnants les uns que les autres. Il y a les acteurs, les actrices et les réalisateurs, bien sûr, mais il y a aussi des personnages extraordinaires qui vont bouleverser mon existence. Le premier s'appelle Raymond Moretti, et il est peintre.

Moretti peint dans un petit atelier que la Victorine a mis à sa disposition. Ce jeune homme aux yeux noirs, brillants d'intelligence, vêtu de noir des pieds à la tête, ne passe pas inaperçu. D'emblée, nous tissons des liens d'amitié. Avec lui – et ses copains, André Asséo, Louis Nucéra et Raph Gatti, ami de Picasso et chef du bureau AFP –, les folles soirées vont bientôt succéder aux journées de labeur. Car il ne faut pas oublier que la Côte d'Azur donne, à ce moment-là, l'image d'une fête permanente où tout est possible, où tout marche au coup de cœur. On va à la rencontre de l'autre, sans se poser de questions. Les rapports sont simples, directs.

Au moment où je l'ai rencontré, Moretti était en train de gravir les marches de la célébrité. Il allait bientôt rencontrer Jean Cocteau, « Monsieur Jean », qui avait fait de Villefranche-sur-mer son fief, et peindre avec lui. Picasso s'intéressait aussi à son travail. Plus tard, Joseph Kessel et André Malraux inciteront l'artiste à « monter à Paris »… Mais ça, c'est une autre histoire.

Pour l'heure, je découvre bien plus qu'un ami : une âme sœur, quelqu'un dont le parcours me touche et me concerne. Moretti peint la nuit, en écoutant du jazz.

Très vite, j'intègre la bande. J'en éprouve une immense fierté, car Moretti n'est pas du genre à s'encombrer d'amitiés féminines…

Si je suis admise dans le cercle, c'est parce que, pour eux, je suis « la petite », « l'enfant du pays », comme ils disent. Et s'il est vrai que je suis beaucoup plus courtisée depuis que « je passe à la télé », je reste d'une sagesse exemplaire. Pour couper court à toute tentation furtive, je me suis ainsi inventé un fiancé qui vit à Paris, et répète comme un leitmotiv : « Je suis fidèle » à qui se montre un peu trop pressant. Je deviens la protégée de Moretti. Pour me faire comprendre à quel point je suis des leurs, Louis

Nucéra me fera le plus beau des compliments : « Denise, c'est un mec bien ! »

Raymond, Raph, André et Louis m'aident à décrocher des interviews : ces deux derniers possèdent, grâce à leur métier de journaliste, un joli carnet d'adresses. Leur aide spontanée est d'autant plus propice que je viens d'essuyer un échec cuisant, lors de ma toute première interview pour TMC.

Je ne connaissais Gaby Morlay que de nom. Je savais qu'elle était une grande dame du théâtre et du cinéma, et qu'elle résidait en Principauté. Biographies, archives, articles de presse, j'avais préparé soigneusement notre rencontre…

Le moment tant redouté arrive. Soucieuse de présenter son meilleur profil à la caméra, Gaby demande que nous changions de place toutes les deux. Qu'à cela ne tienne, je m'exécute, sans penser un seul instant que ce petit changement va bousculer toute la technique ! En effet, à la place où me trouve alors, je ne vois ni le récepteur de contrôle ni le bras du cameraman qui doit donner le top du départ : me voilà perdue dans mes notes, alors que je suis à l'antenne. Gaby tente de m'avertir en m'adressant une mimique, mais je ne réalise pas ce qui se passe. Quand soudain, en me penchant vers l'écran de contrôle, je nous vois toutes les deux ! Je suis consternée. Aucun son ne sort de ma bouche. J'ai la gorge sèche, le cœur qui bat à deux cents à l'heure. Je perds pied. Je ne me souviens même plus du nom de la personne que j'ai en face de moi. Dans ces moments-là, un « blanc » de quelques secondes devient une fraction d'éternité, car le direct décuple la notion de temps. Gaby Morlay me regarde avec insistance, mais rien n'y fait. Je suis tétanisée, comme lors de ma toute première audition. Cette immense comédienne me met la tête hors de l'eau, avec une grande générosité, sans doute parce qu'elle sait, mieux que quiconque, combien le trac paralyse. Elle enchaîne, avec calme. Me dit combien elle est heureuse d'être ici, avec moi, dans ce studio, à Monte-Carlo. Son sourire m'apaise, mon trac s'estompe. Ouf ! Je peux alors sortir de mon mutisme, et mener à bien mon interview.

Je me rends compte qu'il ne suffit pas de préparer quelques questions judicieuses sur des fiches : encore faut-il être capable de rebondir sur le sujet avec naturel, afin que, sur l'écran, les téléspectateurs aient une impression de « fluidité », comme s'il s'agissait d'une simple conversation entre deux personnes qui se connaissent et s'apprécient.

Heureusement, mes mentors veillent. Ils me soutiennent et m'encouragent.

*

Ma « bande » d'amis croit en mon potentiel. Ainsi, ils ne comprennent pas pourquoi ma consœur, Noëlle Noblecourt, fait tant parler d'elle dans la presse – le célèbre *Nice-Matin*, en l'occurrence ! Cela me fait sourire, car je ne me considère pas comme une starlette, loin de là. Et puis il y a, bien sûr, les rumeurs auxquelles je suis confrontée au quotidien. Mon statut suscite des jalousies… Dans les couloirs de TMC, on parle de changements, de têtes qui pourraient bientôt tomber… Vrai ou faux ? Difficile de s'y retrouver. Je me sens en danger. La concurrence est rude, et je n'ai pas l'inconscience de penser que je suis indispensable. Le public me prouve chaque jour sa fidélité, mais je ne suis sans doute pas assez stratège pour défendre ma place…

Mon petit groupe va l'être pour moi : en 48 heures, ils montent une opération séduction sur une grande plage de Nice, où ils me donnent rendez-vous.

Quand j'arrive, insouciante et joyeuse, à l'Opéra-Plage, je vois mes amis discuter avec Ralph qui, soucieux de ne rater aucun scoop, se balade toujours avec son appareil photo en bandoulière. C'est un vrai gentil, quelqu'un qui fait son travail avec honnêteté et rigueur. Il n'est plus là, aujourd'hui, et il me manque beaucoup. Je regrette son humour décapant et sa bonne humeur permanente. Comme Moretti et les autres, il me couve et veille sur ma réputation.

À ses côtés, se tient un jeune homme blond dont je n'aperçois que le dos. À peine le temps de dire bonjour à tout le monde : Raph me pousse à côté de lui, et je le reconnais immédiatement. Magnifique, avec ses yeux azur, sa silhouette féline, son sourire charmeur : c'est

Johnny, l'« idole des jeunes » ! Partout où il se produit, il déclenche des émeutes, surtout parmi les jeunes filles… Je comprends mieux pourquoi.

Ralph me demande de me rapprocher de lui. Spontanément, il s'approche et me dépose un petit baiser sur la joue. *Clic*, *clac*, l'appareil photo de Raph immortalise aussitôt ce moment de tendresse, qui va faire la une de *Nice-Matin* et d'autres quotidiens. La bande a frappé fort ! Pour mon plus grand plaisir, je dois l'avouer. En matière de traquenard, il y a pire…

En lisant la presse, le lendemain, je découvre les photos accompagnées de légendes, chaque fois différentes, variantes rocambolesques autour du même thème : le prix des « Plus Beaux Yeux de la Côte d'Azur ». Pour les uns, c'est un jury composé d'artistes – dont Johnny, et, bien sûr, Moretti et sa bande – qui m'a élue ; pour les autres, c'est Johnny en personne qui a voulu me décerner ce prix. Qu'importe : Raph et la bande ont réussi leur pari : faire parler de moi au-delà de ma petite ville de Nice, et de la bonne façon, c'est-à-dire sans entacher ma réputation.

Vert, bleu, vert cendré, bleu gris ou vert céladon, bleu saphir ou vert émeraude… Je m'amuse beaucoup de voir les magazines régionaux se passionner pour la couleur de mes yeux. Et ce d'autant plus qu'il s'agissait d'un coup monté par mes amis pour compenser mon « déficit » de médiatisation par rapport à mes consœurs. Je suis trop lucide pour que cela me monte à la tête, mais je dois dire que je suis heureuse et touchée des retombées de ce petit sketch improvisé par Moretti et sa bande.

*

Autre événement capital dans ma vie de jeune femme active : je peux enfin m'offrir une voiture, gage de mon indépendance. Au volant de ma Renault Floride décapotable rose métallisé, je jubile. Je me sens libre, heureuse de vivre. J'ai vingt ans et des poussières, un travail de rêve, de merveilleux amis…

Quand mes obligations professionnelles me le permettent, je vais danser avec Poussy, une de mes meilleures amies, issue d'une grande famille niçoise, et l'une des plus belles filles de la Côte d'Azur.

Jc vois toujours Colette, bien entendu, mais elle consacre l'essentiel de son temps à Georges, son mari dont elle est très amoureuse. Poussy est attentive et toujours de bons conseils : elle me fait partager des moments privilégiés et m'entraîne dans les plus belles soirées niçoises. Si nous avons eu des destinées différentes, nous ne sommes jamais perdues de vue. Plus tard, quand l'une de mes filles sera nommée dans un cabinet d'avocat à Bruxelles, Poussy l'hébergera quelque temps avant qu'elle ne s'organise, et cela en toute simplicité, en toute amitié…

J'évolue de plus en plus dans un milieu où le champagne coule à flots, où les hôtels sont des palaces et où les robes sont griffées des plus grands couturiers. Je fréquente les restaurants et les boîtes de nuit les plus prisées du moment. Monte-Carlo, Nice, Cannes, Menton, Saint-Tropez… *Le Pirate*, *Le Café de Paris*: autant de noms qui résonnent alors comme les lieux prisés des stars de passage sur la Côte. Et, loin de ces adresses prestigieuses, un endroit plein de charme et d'authenticité: *Chez Bidou,* à Villefranche-sur-Mer, où je me sentais un peu chez moi, et ce, grâce à la personnalité du propriétaire-animateur, frère du premier footballeur français évoluant à l'étranger, Antoine Bonifaci – je veux bien sûr parler de mon ami Bidou. Il saura, plus tard, recueillir les confidences de Greta Garbo, et parfois, même, panser ses blessures en toute amitié.

À force de travail, j'ai obtenu le précieux sésame qui me permet de fréquenter la jet-set et les stars du show-business. Quand on n'appartient pas à la jeunesse dorée de la Côte d'Azur, le seul moyen d'exister, c'est de travailler et de rester fidèle aux valeurs auxquelles vous croyez. Mille fois j'aurais pu déraper, mille fois j'ai tenu le cap, même quand j'avais le vertige. Comment rester soi-même quand on croise, au « hasard » d'une bonne table, Richard Burton, Liz Taylor ou Alain Delon? En prenant exemple sur ceux qui ont débuté comme vous et qui ont su garder leur intégrité, leur liberté de pensée, et continuer de vivre selon les règles qu'ils se sont fixées.

Je ne veux renoncer à rien.

J'ai eu la chance de pouvoir concilier vie professionnelle intense et vie amicale – tout aussi intense. Mes journées sont longues et mes soirées, réservées à mes amis, qui m'entraînent dans des lieux typiques, comme ces boîtes de gitans que j'avais déjà fait découvrir aux Disney, où l'on chante, où l'on danse et où l'on se plaît à refaire le monde.

Quand l'ambiance se corse, Moretti et toute la bande m'expédient au lit, comme une gamine ! Je me rebelle, mais aucun ne se laisse amadouer. Je rechigne, pour la forme, mais j'obtempère. Je ne suis pas punie, comme au temps du pensionnat, je suis protégée. Et c'est bon !

Oui, c'est vrai, je ne suis pas encore majeure, mais non, mes *bodyguards* n'auront pas de soucis avec maman. Cette dernière est contente pour moi. Même si je rentre au petit jour, elle voit bien que je ne mêle pas romance et travail. Au cours de ces trois années de folie passées à TMC, j'ai sans doute « oublié » de regagner mon carrosse aux douze coups de minuit, mais je n'ai pas perdu de vue l'essentiel : l'amour pour mon métier et pour le public. Avoir « les plus beaux yeux de la Côte d'Azur » est une chose, faire les gros titres de la presse à scandale en est une autre. Depuis le début, j'ai choisi mon camp.

Pour couronner ces merveilleuses années, TMC décide que je suis capable de présenter quelques-unes des grandes soirées de la Principauté : je n'en reviens pas. Je vais fouler de mes escarpins de princesse la scène du mythique Sporting, salle de spectacle à ciel ouvert où se déroulent quelques-uns des événements les plus prestigieux au monde, que la princesse Grace saura magnifier.

Mon premier contact, le soir même, avec l'orchestre d'Aimé Barrelli, me fait comprendre que je vais devoir répéter beaucoup, et que, même en travaillant beaucoup, je ne serai pas à l'abri d'un faux-pas. Surtout, je vais devoir parler devant une salle immense, en *live*, et devant un « vrai public ». Public qui n'a pas grand-chose à voir avec celui que je retrouve chaque soir : cette *high society* qui se déplace des quatre coins du monde pour venir écouter un opéra, un concert ou un chanteur de renommée internationale risque de faire preuve de moins d'indulgence en cas de problème.

*

Comme lors de ma première audition pour TMC, tout le monde m'accueille à bras ouverts. Choristes, danseuses, techniciens, tous m'encouragent. Et pourtant mon baptême du feu avec les Compagnons de la chanson ne restera pas dans les annales : je ne suis plus dans le confort de mon petit studio-cabine, mais dans la fosse aux lions.

J'attends dans les coulisses, tétanisée. Jean-Louis Jaubert, l'un des Compagnons, est à mes côtés : il comprend la panique qui m'envahit à l'idée d'affronter ce public, le plus difficile à séduire. Il me livre alors cette anecdote – qui aura l'effet escompté : me détendre. Jean-Louis me confie que, quelques années auparavant, il avait succédé à un chanteur très célèbre dans la vie de la Môme Piaf. Ivre de rage, celui-ci, connaissant les habitudes d'Édith Piaf dans Paris, n'eut de cesse de retrouver le couple pour « casser la gueule » à son nouvel amant. Fort heureusement, le couple a toujours réussi à échapper à celui qui voulait en découdre. Et quand Marcel Cerdan entra dans la vie d'Edith, Jean-Louis me confia qu'il s'était bien gardé de demander des comptes à son « rival »… et l'on comprend pourquoi !

Et voilà que l'orchestre d'Aimé Barelli attaque les premières mesures : c'est ainsi que, toute appréhension envolée, j'entre sur scène. Merci, Jean-Louis…

Pour ma deuxième expérience, à l'hôtel de Paris, cette fois-ci, j'ai le privilège d'être en présence de la princesse Grace et du prince Rainier. Je dois présenter une soirée de gala. L'enjeu est de taille, mais je réussis une prestation plus qu'honorable, sous le regard plein de bienveillance du couple princier. Je suis très applaudie. Les invités affichent des mines réjouies, et me sollicitent à nouveau lorsque je retourne en coulisses. J'ai le cœur qui bat – mais de bonheur, cette fois.

Sur scène, passé les premières minutes de trac, je n'ai plus qu'une envie : tout donner !

Bien plus tard, avec la tournée « Âge Tendre », je revivrai cette émotion intense d'être là, *avec* le public, et de partager avec eux un vrai moment de joie.

La princesse Grace, que j'ai maintes fois croisée par la suite, demandera souvent à me voir, lors des soirées de gala ou de ces fameux thés qu'elle organisait avec cette élégance, ce raffinement et ce charme indéfinissable qui faisaient d'elle un être unique. Elle incarnait la magie d'Hollywood et le prestige du gotha, mais avait su rester elle-même. Je l'admirais beaucoup pour cela.

Je crois pouvoir dire que Grace m'appréciait. Elle aimait ma spontanéité et ma simplicité. Elle avait toujours un mot gentil à mon égard. Plus tard, alors que je venais de mettre au monde mes jumelles, Olivia et Élodie, je l'ai croisée à nouveau dans un cocktail, à Paris. Nous avons échangé quelques mots sur nos préoccupations de mamans…

Lentement – mais sûrement ! ajouterait mon ami Moretti –, je commence à jouir d'une petite notoriété. Auprès du public, mais aussi auprès des décideurs, qui me font davantage confiance. Bien sûr, ma « gloire » est toute locale, et je ne peux rivaliser avec les « Parisiennes », mais je commence à avoir un certain métier.

Si je dis « un certain métier » et non pas « un métier certain », c'est que je sens bien qu'il me manque quelque chose. Et ce quelque chose, je ne pourrai l'acquérir qu'en faisant le grand saut… Une seule direction : Paris.

Mon ambition se heurte à un obstacle de taille : je n'ai toujours pas vingt et un ans. Comment faire ? Comment pénétrer dans la sacro-sainte RTF ? Il doit bien exister une solution…

À nous deux Paris

Nombreuses sont celles qui ont connu cette situation évoquées maintes fois à la télévision ou dans une activité artistique ou non. Depuis que l'un de mes nouveaux patrons – arrivé de la capitale – m'a convoquée dans son bureau et expliqué que si je ne cédais pas à ses avances, je pouvais dire adieu à mon poste de speakerine, Paris représente ma seule bouée de sauvetage.

Sans argent, je ne peux rien faire. En parler à maman ne m'avancera pas à grand-chose, car je sais d'avance ce qu'elle me dira : « Ma pauvre Denise, Paris est un lieu de perdition, pour une jeune fille comme toi… »

Et de toute façon : je-n'ai-pas-en-co-re-vingt-et-un-ans ! La solution, je la trouve après une nuit blanche : mettre à profit une information confidentielle qui m'avait été donnée lors du dernier festival de Cannes – la deuxième chaîne couleur débarque sur les écrans.

Paris cherche de nouveaux visages, et il faut impérativement que je dépose ma candidature pour ce concours national…

Je suis emballée. Je ne sais pas si Paris a besoin des services d'une jeune débutante, et j'ai trop de respect pour celles que l'on appelle « les grandes dames de la télévision française » pour émettre un jugement, mais en tout cas, ça vaut la peine d'essayer. « Paris, c'est un panier de crabes », me rabâche ma famille. Qui sait ? Je vais peut-être pouvoir leur prouver le contraire…

Très vite, j'apprends que le concours de la deuxième chaîne a lieu en septembre, quelques jours après mon anniversaire – j'aurai vingt et un ans, enfin ! – : cela ne peut mieux tomber. Mais pour l'instant, je garde le secret. Pas question de lâcher la proie pour l'ombre. En dépit de l'odieux chantage de l'un de mes décideurs, j'occupe toujours mes fonctions à TMC.

En revanche, je ne peux éviter d'en parler à maman. Je m'attends à une avalanche de remontrances et de mises en garde… Mais, miracle, ma chère mère m'encourage ! Et tant que je ne quitte pas le bercail définitivement, elle ne voit pas d'objection à ce que j'aille tenter ma chance à Paris. Elle pense sans doute que je vais vite déchanter, revenir à la raison… et à la maison !

Le concours doit se dérouler sur plusieurs mois. Dans la plus grande discrétion, je prends une semaine de « vacances », le temps d'aller passer la première sélection.

Sans argent, il m'est absolument impossible de me rendre à Paris. Le billet de train, l'hôtel, les frais sur place : je ne peux pas assumer de telles dépenses. La seule solution, c'est de vendre la seule chose qui me reste de mon père : un petit morceau de terrain. Ce lopin de terre, c'était le seul lien qui me rattachait encore à mon enfance et à ce père qui m'a quittée trop tôt – quarante-deux ans, ce n'est pas un âge pour partir. Le cœur brisé, je cède ce dernier souvenir à une cousine. Non seulement je ne fais pas une bonne affaire – discuter argent n'a jamais été mon point fort – mais en plus, j'ai le sentiment déchirant de « liquider mon enfance ». Le symbole est fort. Je pleure beaucoup. Heureusement, maman m'empêche de tomber dans le piège de la culpabilité. Elle me comprend, me soutient et, surtout, ne me juge pas.

Quelques jours plus tard, je me retrouve dans les studios de la rue Cognacq-Jay, face à une trentaine de postulantes, en proie à une peur incontrôlable. J'ai passé une sale nuit dans un petit hôtel bas de gamme, mais pas cher, qui m'a été recommandé par mon copain Julien.

Ma première impression de la capitale ? C'est gris, pas très propre, il y a du monde partout, les gens courent dans tous les sens, personne ne vous dit ni bonjour ni au revoir, bref, ça manque de ciel bleu et de sourires. Quant aux studios… On est bien loin de l'ambiance chaleureuse, très bon enfant, de TMC… Cognacq-Jay ressemble à une usine. Une grosse machine. Et je sens tout de suite qu'ici, on ne me fera pas de cadeaux. Ça passera ou ça cassera. Le regard agressif de mes concurrentes n'arrange rien à l'affaire. On est toutes là pour la même chose : décrocher le rôle. L'enjeu est terrible.

Le ballet des filles commence, un peu comme dans une élection de Miss. Parmi les candidates, il y a beaucoup de comédiennes. Certaines sont déjà assez connues. Elles ont un petit côté sexy que je n'ai pas, que je n'ai jamais eu et qui m'intimide un peu. Mon truc, c'est plutôt le naturel.

Marcher, dire son texte, improviser quelques mots d'excuses en anglais, sourire… On ne me demande rien que je n'aie déjà fait. Et, plutôt que de laisser la peur prendre le dessus, je décide de me décontracter. C'est sûr : je ne serai pas choisie. Alors, quand viens mon tour, je lâche prise, comme on dit. De toute façon, c'est la caméra qui décide : elle vous aime ou elle ne vous aime pas. C'est comme ça. Certains visages, certaines silhouettes prennent mieux la lumière que d'autres. Il n'y a pas d'explication à ce mystère. Ça s'appelle « la présence », c'est tout.

Je survis plutôt bien à cette première épreuve. Je suis sélectionnée pour la deuxième audition.

*

De retour à Nice, je reprends mes activités à TMC, et continue de garder le secret. Après m'être fait beaucoup de soucis, je regarde les choses avec philosophie. Tôt ou tard, TMC aura vent de mon petit séjour à Paris. Tant pis, j'assume !

Les secondes éliminatoires seront suivies par une dernière audition qui départagera les candidates encore en lice. Je repars donc pour Paris. Même hôtel, même météo tristounette, même ambiance à couper au couteau dans les studios…

En plus des nombreux tests auxquels je suis soumise, on me fait passer un entretien avec un chef des programmes. Ce dernier m'accueille fraîchement :

« Je sais que vous travaillez pour Télé Monte-Carlo, mais je dois dire que cela ne joue pas en votre faveur. Nous cherchons des filles à former… Par ailleurs, les téléspectateurs sont habitués à voir des blondes, des blondes avec de la classe, si vous voyez ce que je veux dire… Les cheveux blonds accrochent davantage la lumière. Vous êtes brune, alors vous n'avez pas grande chance de gagner. »

Je me tais, mortifiée. J'accuse le choc, mais je ne m'avoue pas vaincue. Je tente le tout pour le tout. « Je peux devenir blonde, si vous le souhaitez. » La réponse fuse : « Oui, je préfère ! Comme ça, vous aurez toutes vos chances. »

Aussitôt dit, aussitôt fait. Cet imbécile veut que je sois blonde ? Qu'à cela ne tienne. Je vais être blonde… Et gagner.

Avenue George-V, je pousse la porte du premier salon de coiffure et dis, d'un ton assuré : « Je viens pour une couleur. Je veux être blonde. » Le coiffeur me regarde d'un drôle d'air. Il n'a pas l'air d'être emballé. J'insiste, et ajoute que je suis pressée. Pressée d'en finir avec cette stupide histoire de couleur de cheveux. En plus, l'horloge tourne. Il est bientôt midi, et je dois absolument être de retour aux studios en début d'après-midi.

« Blond vénitien ? doré ? platine ? caramel ? » me demande le coiffeur.

Je lis dans ses yeux qu'il pense que c'est une erreur. Moi aussi, mais l'enjeu est trop important pour avoir des états d'âme. J'ai appris beaucoup de choses dans ce métier, et en particulier à affronter les pires situations sans qu'il n'y paraisse rien. On est là pour plaire, pour donner du bonheur aux gens, pas pour transmettre ses souffrances.

« Je veux être blonde, c'est tout ! » Le coiffeur obtempère, à contrecœur. Deux heures plus tard, une nouvelle Denise me regarde dans le miroir. Est-ce bien moi, cette pâle copie de Jean Harlow ? Je suis catastrophée. J'ai l'air de rien. Ma peau mate et mes sourcils, restés bruns, tranchent avec le platine de mes cheveux, qui n'ont pas vraiment apprécié l'opération. J'ai l'impression d'avoir une botte de foin sur la tête.

Je fonce en direction des studios. Le directeur des programmes me reconnaît à peine. Il m'examine à nouveau et lâche d'un ton laconique : « C'était mieux avant. Vous ne pouvez pas passer à l'antenne comme ça. »

Je lui propose de retourner aussitôt chez le coiffeur. Il acquiesce, sans manifester la moindre compassion à mon égard. Révoltée par cette attitude, je fonce tout de même avenue George-V. Le coiffeur n'est pas étonné de me voir revenir. Je l'implore de me rendre ma couleur naturelle. « Je vais faire ce que je peux », m'annonce-t-il, sans grand enthousiasme.

Après ce nouveau traitement de choc, j'ai le crâne couvert de croûtes, la tête en feu. Certes, je ne suis plus blonde, mais où est passé mon joli brun d'avant ?

C'est avec une chevelure châtain clair que je passe, avec succès, le deuxième test. À présent, je fais partie des douze candidates retenues. Bientôt, le

21 décembre 1963, pour être précise, il n'en restera que quatre, puis une… Et si c'était moi ?

La partie n'est pas gagnée, loin s'en faut. D'autant qu'à Télé Monte-Carlo, les ennuis commencent. La presse parisienne s'empare de l'événement. Partout, en gros titres, on peut lire : « Grand concours pour la deuxième chaîne couleur : elles sont douze ! »

J'avais tout prévu, sauf que les journaux diffuseraient la photo des douze candidates. Douze photos, dont une, la mienne, qui va faire un peu de bruit dans les couloirs de TMC. Mes ennemis s'en donnent à cœur joie : « Tu as un intérêt à le gagner, ton concours, car pour toi, c'est fini, ici. »

Affolée, je reprends le train pour Paris et me mets à démarcher toutes les stations de radio, « au cas où ». Je fais des essais de voix partout, et partout, j'entends la même chose : « Vous n'avez pas du tout une voix radiophonique, changez de métier ! » Sur le coup, c'est un choc.

J'ignore encore qu'on a dit la même chose à bon nombre de mes collègues, dont Jean-Pierre Foucault, à RMC, qui se verra, ensuite, dérouler le tapis rouge ! Quand je ferai de la radio, quelques années plus tard, le succès sera au rendez-vous. C'est dire s'il faut persévérer, ne jamais se laisser abattre par les critiques ou les jugements hâtifs et sans appel émis par des décideurs qui ne savent pas toujours faire les bons choix.

Les mois passent, et je trépigne. Je ne pense plus qu'à « ça ». Le grand jour arrive enfin. La vie va-t-elle m'offrir mon plus beau cadeau de Noël? Vais-je rejoindre le clan des « grandes » sur le petit écran? Je sens maman confiante… et cela décuple mon angoisse. J'ai tellement peur de la décevoir…

C'est le public qui va choisir, en votant par téléphone. Les douze finalistes et moi sommes réunies dans un studio de Cognacq-Jay, ouvert au public, pour l'occasion. J'ai le trac, bien sûr – comment pourrais-je ne pas l'avoir? –, mais c'est mon quitte ou double. Le challenge me donne des ailes. Je n'ai rien à perdre, tout à gagner.

Comme d'habitude, je me suis maquillée et coiffée toute seule, chose impensable aujourd'hui! Le maquillage TV a évolué avec les progrès de la technique. En 1931, la première speakerine, Suzanne Bridoux, arborait un visage lunaire: épais fond de teint blanc, pommettes bleues, lèvres noires – un vrai masque de clown. Dans les années cinquante, le maquillage s'est fait plus « léger »: fard à joues brun et rouge à lèvres violet. À mes débuts à TMC, on m'a imposé un maquillage discret mais, avec l'apparition de la couleur, je vais devoir sophistiquer les choses, et, surtout, faire très attention à ma garde-robe, car certaines couleurs, comme le blanc, passent moins bien à l'écran.

Mon expérience de mannequin me permet d'éviter certaines fausses notes, mais il n'en demeure pas moins que l'œil de la caméra ne laisse rien passer – celui des téléspectateurs non plus ! Tout au long de « mes années speakerine », ces derniers m'écriront pour commenter telle coiffure ou telle tenue qu'ils auront (ou non) aimée. Le public s'habitue vite à ce que l'on appelle aujourd'hui « le look », et n'aime pas les changements trop brutaux.

On nous place dos-à-dos, chacune face à une caméra. À tour de rôle, chaque candidate débite le mieux possible un bout de programme devant un jury de professionnels. La première fille se trompe, la deuxième aussi, la troisième trébuche sur les mots et tente de se reprendre maladroitement, la quatrième reste muette, paralysée par la peur… Le doute s'empare à nouveau de moi.

Mon tour arrive. Je regarde le cameraman d'un air terrifié. Il se rend compte que la peur risque de faire capoter ma prestation. Il plante alors son regard dans le mien et articule le fameux petit mot qui porte chance : « Merde ! » Surprise et ravie de cet encouragement inattendu, j'arrive devant le micro le sourire aux lèvres. Ma bonne humeur retrouvée, je balance mon texte d'un ton joyeux, et j'emporte la partie.

Pourtant, le plus dur reste à venir. Je suis parmi les quatre sélectionnées, mais si je veux que cette nouvelle année qui commence soit la plus belle de toute ma vie, il va falloir que je passe à la vitesse supérieure.

Nous sommes le 3 janvier, et la deuxième chaîne couleur démarre le lendemain. Je vais devoir annoncer aux téléspectateurs, en compagnie de Mme Langeais, la marche à suivre pour qu'ils puissent la capter sur leurs récepteurs. « Vous verrez, tout se passera bien, me dit le chef d'antenne de la Une. Il s'agit juste d'annoncer, avant le journal de 20 heures, l'arrivée de la couleur. Vous ferez ça avec Catherine. Apprenez votre petit texte, et laissez-vous guider par Catherine. » À l'entendre, cela paraît si simple… Le problème, c'est que pour moi, Mme Langeais, ce n'est pas « Catherine », mais un monument, *la* figure emblématique de la télévision. Un monstre sacré. C'est elle qui, en quelque sorte, a inventé le métier de téléspeakerine. Aux yeux des téléspectateurs, elle incarne le charme, l'élégance, la classe. Toutes les femmes de France rêvent de lui ressembler. Elle est l'épouse de Pierre Sabbagh, autre figure incontournable de la télévision qui a mis sur les rails le journal télévisé et qui est au top des audiences avec son célèbre *Au théâtre ce soir.* Et puis, elle a à son actif de grosses émissions déjà populaires, comme *La Séquence du spectateur*, et surtout, la fameuse émission culinaire *Art et Magie de la cuisine,* avec le chef du Grand-Véfour, Raymond Oliveret.

« Catherine », c'est quinze ans de succès, et pas vraiment le genre de fille à qui l'on tape sur l'épaule en plaisantant. La perspective d'être seule avec elle me tétanise. Les autres « grandes », Jacqueline Huet, Jacqueline Caurat et Anne-Marie Peysson m'impressionnent aussi, mais Catherine Langeais…

Le premier contact est glacial. J'essaie de l'aborder, en vain.

Alors qu'elle se trouve dans sa loge, je fais une nouvelle tentative. Mon texte à la main, je fais une timide approche dans l'embrasure de la porte. Occupée à se coiffer, Catherine Langeais ne m'accorde aucune attention. Quand nos regards se croisent dans le miroir, elle me dit tout à coup : « Montrez-moi ce que vous avez à dire, mon petit. » Je me braque : « Ce n'est pas la peine, je le connais par cœur ! » Elle insiste, mais je reste sur ma position. Je suis sûre que si je lui montre ce fichu texte, je vais perdre pour de bon mes moyens. De toute façon, c'est trop tard. On nous appelle sur le plateau…

Nous voilà face à la caméra, dans le studio-cabine. Catherine Langeais me demande de prendre place à côté d'elle. Son indifférence me fait mal, j'ai une boule dans la gorge. Top de départ, petite lumière rouge… La grande Catherine, très à l'aise, décroche son sourire de star, face caméra, et annonce : « Mesdames, Messieurs, vous allez assister au journal de 20 heures, mais, comme vous le savez déjà, nous allons également procéder au lancement de la deuxième chaîne couleur… En attendant, je vous présente une toute jeune débutante qui passe à l'écran pour la première fois… » Débutante ?! J'esquisse un sourire, la rage au cœur. Je viens tout de même de passer trois années sur TMC. Certes, j'ai encore des milliers de choses à apprendre, mais de là à dire que je suis une débutante… Au lieu de me concentrer sur le texte que j'ai à dire, je pense à ma famille et à mes collègues de TMC. Je sais qu'ils sont tous devant leur poste. Que vont-ils penser? Du coup, j'en oublie mon texte. Catherine me regarde avec insistance, mais ne se laisse pas démonter. En vraie professionnelle, elle se met à me poser des questions sur ce que les téléspectateurs doivent faire pour pouvoir accéder à cette deuxième chaîne couleur. J'ai pourtant appris sur le bout des doigts cette histoire de réglage : il faut basculer de… à… Mais côté chiffres, tout se brouille. Pas un son ne sort de ma bouche. J'assiste, impuissante, à mon propre naufrage. Catherine, très à l'aise, se retourne vers la caméra et enchaîne : « J'espère que vous aurez l'amabilité d'excuser notre jeune débutante… »

Cette fois, c'en est trop. Alors que le rouge de la caméra est toujours allumé, je retrouve l'usage de la parole : « Madame, je vous admire tellement… Faire une annonce à vos côtés est très intimidant. Je suis si impressionnée que je ne trouve plus mes mots… » Catherine Langeais se retourne vers moi et réplique sèchement : « Ma petite, nous ne sommes pas ici pour nous faire des compliments ! » Puis, de nouveau face à la caméra, elle annonce : « Mesdames, Messieurs, voici votre journal de 20 heures… »

Le journal démarre, et moi, je me rue vers la sortie, les yeux brouillés de larmes. Je rentre à mon hôtel, et je commence à faire ma valise. J'ai tout gâché. Je viens de tout perdre. J'entends déjà les rires moqueurs de mes détracteurs de TMC et leurs commentaires ironiques : « Voilà ce qui arrive quand on veut jouer dans la cour des grandes… »

Vers minuit, alors que je m'apprête à aller régler ma note à la réception, le téléphone sonne. C'est Philippe Ragueneau, le directeur des programmes de la Télévision française. Je pleure toujours à chaudes larmes, je ne comprends pas trop ce qu'il veut, à part remuer le couteau dans la plaie, me redire à quel point je me suis ridiculisée devant la France entière.

« Denise, le standard a sauté ! Les téléspectateurs ont adorée. Ils ont très bien compris que c'était impressionnant pour vous de présenter pour la première fois aux côtés de Catherine Langeais. Et vous verrez, demain, dans la presse, les journalistes sont aussi avec vous… Essayez de dormir, parce que demain, il va falloir vous y mettre sérieusement ! »

« Spontanée », « charmante », « rafraîchissante »… Je vis un lendemain enchanteur. Tout d'un coup, Paris me semble bien moins triste. Maman m'appelle. Elle est fière de moi. Et moi, je prends confiance. L'estime de soi, ça se travaille aussi.

Je me présente aux studios très en avance. Une demi-heure avant que je prenne l'antenne, Catherine Langeais passe la tête dans le studio-cabine. Avant même qu'elle ait le temps de me dire quoi que ce soit

– je pense qu'elle était consciente de m'avoir déstabilisée, la veille, et qu'elle voulait se « rattraper », en quelque sorte – Philippe Ragueneau s'interpose : « Catherine, non, vous allez encore l'effrayer ! »

Désormais, je n'ai plus aucune raison de douter. Le public m'a plébiscitée, mes proches me soutiennent. Me voilà seule au gouvernail… Je me redresse, réajuste une mèche de cheveux, c'est parti. La lumière rouge s'allume… Silence sur le plateau. Je souris à la caméra, et fais mon annonce sans me tromper.

Si, avec tout ça, les téléspectateurs ne parviennent pas à capter la couleur sur leur poste, je rends mon tablier.

La télé prend des couleurs, et ma vie aussi. 1964 sera un grand cru !

Télé, radio, ma vie à cent à l'heure

Avec tout ce remue-ménage, je n'ai même pas eu le temps d'aller visiter la tour Eiffel ! Ce sera pour plus tard. Maintenant que je vais m'installer définitivement dans la capitale, j'aurai tout le temps de visiter Paris avec maman, quand elle viendra me voir…

Mes adieux à Nice sont difficiles. On ne quitte pas si aisément sa ville natale. J'ai tant de souvenirs, ici : heureux ou moins heureux, ils font partie de moi, je les emporte dans ma petite valise.

Maman accuse le coup. Je fais de mon mieux pour la rassurer. « Tu sais bien que je vais revenir dès que j'aurai des vacances ! » Elle n'est pas dupe. Elle sait bien que j'entre à la Radio-Télévision française et que, bientôt, je n'aurai plus une minute à moi. Par ailleurs, ce Paris l'inquiète. Elle me trouve trop idéaliste, pas assez « roublarde » pour déjouer les pièges de la grande ville.

Sans me demander mon avis, elle décide de me confier à Pierre Pasquini, un avocat d'origine corse, ami de la famille. Pierre étant très pris par son métier mais aussi par ses ambitions politiques – quelques années plus tard, il se fera élire député, puis maire de l'Île-Rousse, avant de devenir ministre –, il passera le relais à son meilleur ami, Jean Bonfanti, un businessman corse, lui aussi, divorcé et père de deux filles de mon âge. Non content de baliser ainsi mon parcours de jeune Parisienne livrée à elle-même, Pierre me présente en outre à Achille Peretti, le maire de Neuilly – un autre Corse, bien sûr. Tout cela m'amuse beaucoup, d'autant que mes trois nouveaux parrains sont à la fois séduisants, gentils et très rigoureux sur mes fréquentations. Et puis, ce trio m'en rappelle un autre, italien, celui-ci : Moretti et ses copains…

Chaque fois que je repense à ces périodes charnières de ma vie, je me dis que mon chemin était semé de petits cailloux blancs, comme celui du Petit Poucet. Je ne pouvais pas me perdre : trop de gens étaient là pour veiller sur moi. Les présents, et les absents…

Être confiée à mes parrains corses, c'est comme se retrouver avec trois pères d'un seul coup ! C'est formidable… et parfois un peu pesant ! Avec Jean ça ne rigole pas. Je dois rendre des comptes chaque jour. Où je vais, qui je vois, à quelle heure je vais rentrer… Il n'y a pas de place pour l'improvisation. Pierre et Achille, eux, en font des tonnes. Ils me téléphonent tous les soirs. Et quand on sort, c'est presque toujours à quatre ! Achille nous emmène dans des petits restaurants corses typiques où se produit Tino Rossi. Tout le monde chante, danse, c'est très gai, j'adore ! J'aimerais bien, de temps en temps, aller chez Castel – l'une des boîtes les plus à la mode du moment –, mais parrain Bonfanti ne l'entend pas de cette oreille : « Travaille, travaille, me serine-t-il – à juste titre, d'ailleurs. Dans ces endroits-là, tu ne feras que des mauvaises rencontres… »

Achille a des idées bien précises sur le comportement que je dois adopter dans ma vie sentimentale – au demeurant inexistante. « Denise, quand tu trouveras l'homme de ta vie, ne débarque surtout pas chez lui avec ta valise.

— Ah ? Et pourquoi ça ?

— À partir du moment où tu lui donnes déjà tout, pourquoi veux-tu qu'il te demande de l'épouser ? »

Ah, la logique d'Achille ! Le fait est que mes trois *bodyguards* évincent les quelques prétendants qui se hasardent à m'inviter à dîner ou à m'envoyer un bouquet de roses. « Travaille ! » me répond-t-on d'une seule voix.

Je n'ai pas d'amoureux, et cela ne me manque pas. Du moins, pour le moment. Je me suis donné du mal pour en arriver là : pas question de gâcher ma chance en tombant dans les bras du premier garçon qui passe.

*

Dans un premier temps, je ne travaille que le week-end. Je fais ce que l'on appelle alors les « scolaires » : je présente les émissions pour la jeunesse, tôt le matin. La RTF vient tout juste de devenir l'ORTF, l'Office de radiodiffusion-télévision française. Le reste de la semaine, je bouge beaucoup. J'essaie de voir du monde, de prendre des contacts. Je déborde d'idées et d'énergie, et je commence à apprécier la « grande ville » : ce Paris où tout est possible... à condition d'être vigilante.

Cette première année, je côtoie peu « les Parisiennes » : Catherine, Anne-Marie, les deux Jacqueline... Je les croise lorsque je m'offre un café à la terrasse de *Chez Francis*. Les yeux cachés derrière de grosses lunettes de soleil, toujours habillées avec goût, elles déambulent comme des stars. On se retourne sur leur passage. Jacqueline Huet, avec ses grands yeux clairs un peu tristes et sa silhouette fine, est la plus sollicitée... Je sais, malgré la confiance que m'accordent les téléspectateurs, que le chemin sera long et ardu pour que leur fidélité me soit acquise.

Chez Francis était à ce moment-là, un « café sympa » où il faisait bon se retrouver après une journée de travail. J'ai toujours adoré cette brasserie qui offre une vue superbe sur le pont de l'Alma, sous lequel coule la Seine... et la perspective de la tour Eiffel qui, aujourd'hui, donne un spectacle nocturne simplement féerique, non loin de la *Belle Ferronnière*, rue François-Ier, où, à l'heure de l'apéritif, les journalistes baroudeurs et plein de charme d'*Europe 1*, de *Télé 7 Jours* et de *Paris Match* jouaient alors les stars, dans leur imperméable couleur mastic et leurs lunettes noires… Ils étaient auréolés des contraintes et exigences souvent dangereuses de leur profession, dont l'icône demeure leur confrère Pedrazani, tombé sous les balles lors des émeutes du peuple hongrois qui voulait se libérer du joug communiste. *Paris Match* n'avait pas hésité – malgré l'état de siège – à affréter un avion sanitaire pour rapatrier leur journaliste blessé, qui succomba à ses blessures en véritable héros.

*

1964 défile à toute vitesse.

Soucieuse de donner le meilleur de moi-même, j'arrive très tôt au studio. J'ai compris qu'il fallait accepter les critiques – elles m'ont permis de me forger –, tout autant que les conseils de mes aînés. Je veux progresser, et me confronter au regard des autres est la seule façon d'y parvenir.

Financièrement, mon salaire reste modeste, mais je fais en sorte, durant cette première année, de concilier les dépenses auxquelles je dois faire face, notamment dans un milieu professionnel où l'apparence doit être irréprochable.

Par ailleurs, je commence à me lasser de la cohabitation avec Jean Bonfanti. Certes, je ne suis pas à plaindre. Je vis dans un cadre luxueux, Jean est adorable avec moi. Mais je commence à étouffer… Un peu de liberté me ferait le plus grand bien. Avoir un petit studio, rien qu'à moi : voilà mon rêve ! Ne plus avoir de comptes à rendre à personne, « vivre ma vie », j'y pense… et puis j'oublie, dès que la lumière rouge de la caméra s'allume.

Début 1965, je travaille quatre jours sur sept. J'ai de vrais horaires de saltimbanque, et j'aime ça ! Parfois, je commence à 6 heures du matin, pour terminer à minuit passé. Fort heureusement, on se relaie, car ces emplois du temps nécessitent une santé de fer et beaucoup de concentration. Pas question de s'absenter : il faut être prête à intervenir à tout instant. Au moindre incident technique, il faudra improviser – avec le sourire, bien sûr. Seule dérogation à cette règle de présence assidue : le plateau-repas qu'il faut parfois aller chercher à la cantine, au sixième étage. C'est le rythme du direct !

Les longues attentes trouvent leur récompense, après le lancement du programme de 20 h 30, avec les « petites bouffes » que l'on organise à la régie finale, cette « tour de contrôle » d'où partent les programmes et qui jouxte la cabine speakerine. Là règne une ambiance chaleureuse et conviviale, aux côtés des techniciens. Sous la houlette du chef de chaîne, véritable patron de la diffusion, chacun participe à l'élaboration du repas. Ma propre participation ayant pris un tournant décisif après ma rencontre avec Francis, qui ne manque pas d'apporter quelques spécialités de son restaurant, il arrive que notre repas prenne la dimension d'un véritable « gueuleton ». C'est particulièrement vrai les soirs de réveillon, où chacun redouble d'efforts et où il nous arrive de voir surgir, au beau milieu de notre souper, le PDG lui-même, qui s'installe un moment avec nous. Je ne compte plus les « Bonnes Fêtes, Maman » surprises ni les « Essais speakerine » de mes deux petits bouts de choux, enregistrés avec la complicité de la régie : ces moments resteront à jamais dans nos meilleurs souvenirs… et nos fous rires familiaux.

Chefs de plateau, techniciens, speakerines, maquilleuses : au bout de quelques mois, nous formons une vraie famille.

Entre la Une et la Deux, aucune différence : les deux chaînes sont nationales et s'entraident dans la joie et la bonne humeur, chacune faisant de la publicité pour l'autre. Le mot « concurrence » n'est pas de mise, à Cognacq-Jay : tout le monde est logé à la même enseigne et, ma foi, cela fonctionne plutôt bien. Peu à peu, j'apprends à connaître dans l'intimité celles dont le visage et le nom m'ont tant fait rêver… Nous formons une bande très soudée. Quand l'une a besoin de prendre un week-end ou d'échanger sa plage horaire, elle s'arrange avec les autres. Et s'il y a bien certaines rivalités, elles ne me concernent pas. Le simple fait d'arriver à côtoyer de telles figures charismatiques est pour moi un exploit !

Il faut comprendre que, dans les années soixante, les speakerines en titre sont de véritables stars, adorées du public, que ce dernier retrouve chaque soir dans son foyer. Certains téléspectateurs fondent pour le côté rassurant de Catherine Langeais, d'autres, pour le sourire malicieux d'Anne-Marie Peysson ou la beauté de Jacqueline Huet. Chacun a une préférence bien tranchée, qu'il exprime à travers le nombreux courrier qui arrive rue Cognacq-Jay.

Je découvre ainsi une Catherine Langeais humaine, chaleureuse et généreuse, bien loin de l'image glacée qu'elle m'avait offerte lors de notre première rencontre. Elle me fait partager son carnet d'adresses et, grâce à elle, je rencontre Alexandre de Paris, alors le coiffeur du Gotha mondial, à qui l'on n'hésite pas à envoyer une voiture, un chauffeur, voire même un avion personnel, pour qu'une star, une princesse, une reine ou une femme de président, d'Elizabeth Taylor à Grace Kelly et à Farah Dhiba, puisse bénéficier du coup de peigne de *Monsieur* Alexandre. Et c'est ce Tropézien, recherché et courtisé par les toutes les grandes dames, qui m'accueille à bras ouverts et me propose de devenir mon coiffeur attitré… gratuitement ! C'est à lui que je dois les coiffures les plus sophistiquées, celles des soirs de gala : les chignons à la Sissi, piqués de perles ou de fleurs – une merveille. Et mes fameuses couettes ! Merci, Catherine ! Elle dispense à toutes et à tous ses prodigalités, et je lui en sais d'autant plus gré que j'apprends bientôt qu'elle souffre d'une grave maladie : la sclérose en plaques.

Au long de ces années, jamais je ne l'entendrai se plaindre ni quémander la moindre faveur. Digne, elle le sera jusqu'au bout.

Son mari, Pierre Sabbagh, une vraie figure de la télé, règne en maître sur la Une. Tous deux forment un couple très assorti et très redouté. Rien n'échappe à ces deux perfectionnistes de l'image. La télévision, c'est toute leur vie. Quand je pense à eux aujourd'hui, je me dis qu'ils s'étaient bien trouvés. L'image que je garderai toujours d'eux, c'est Pierre rejoignant Catherine dans notre modeste cabine speakerine, attendant avec elle la fin des programmes pour rentrer à la maison. À la recherche d'un moment d'intimité, que le grand patron qu'il était cherchait, tout simplement, à se ménager avec sa femme.

J'éprouve aussi beaucoup d'affection pour Anne-Marie Peysson, la joie de vivre incarnée, et pour les deux Jacqueline : Jacqueline Caurat, qui anime des émissions de philatélie – notre « porte-parole » auprès de la direction, toujours disponible pour défendre nos intérêts –, et Jacqueline Huet. Bien sûr, nous avons nos humeurs, nos styles de vie, nos idées, mais nous vivons et travaillons en harmonie.

Parmi mes camarades d'antenne, certaines se sont brûlé les ailes aux feux des projecteurs. Aujourd'hui, en me souvenant d'elles, je ne peux m'empêcher d'évoquer la cruauté de ces métiers de l'éphémère. Quand les speakerines ont disparu des écrans, certaines ont mal vécu leur conversion: Jacqueline Huet a accepté de présenter une émission hebdomadaire, *Le Monde de l'accordéon*, mais rien n'a plus jamais été comme avant. Gloire, beauté, succès auprès des hommes, Jacqueline Huet avait tout eu pour elle – du moins, tout ce que semblent toujours avoir les stars. Et si ses amours ne la comblaient pas vraiment, sa vraie raison de vivre, c'était la télévision, l'adrénaline du direct. Mais si nos métiers font de nous des personnages publics, nous n'en avons pas moins besoin d'un autre amour que celui des spectateurs, pour ne pas sombrer. En disant cela, je pense aussi à Marilyn, à James Dean (que j'adorais), fauché en plein vol, ou encore à Mike Brant, être de lumière, fragile et tourmenté, pris au piège de cette vie d'artiste tellement adulé et qui, dépassé par son succès, en proie à un mal de vivre persistant, ne trouva d'autre issue que de se donner la mort.

J'ai eu, pour ma part, la chance inestimable et la volonté de résister aux mirages et de contourner les chausse-trappes. Même jeune, je savais qu'il me fallait me concentrer sur l'essentiel, et ne surtout pas me focaliser sur une hypothétique célébrité. « La gloire est le deuil éclatant du bonheur », a écrit Madame de Staël. Je pourrais dire – en toute modestie – que je savais déjà cela depuis longtemps, avant même de débuter à TMC. Je n'avais encore aucune expérience, mais je possédais déjà l'arme de la lucidité, que je n'ai jamais perdue. Et, déjà, je m'appuyais sur mes amis, mes vrais amis. L'un des trésors fabuleux, dans ce monde de lumière parfois trompeur, est de pouvoir bénéficier d'un entourage assez bienveillant pour vous aider à éviter les écueils, les déboires, les désillusions. Toutes n'ont pas eu ce privilège…

*

À cette époque, de belles occasions s'offrent à moi. Je suis sollicitée dans des domaines très divers : je présente des galas, je participe à de nombreuses émissions. J'ai l'occasion de pouvoir encore m'investir professionnellement, et j'en suis comblée.

Je me trouve enfin un petit studio, rue de Javel, dans le XVe arrondissement. Mon parrain Jean, grand seigneur, me propose de m'avancer l'argent pour payer la caution et les deux premiers mois de loyer. Quelques mois plus tard, quand je pourrai enfin, après des semaines de privation, lui rembourser la somme, il me dira : « Tu vois, Denise, je n'en ai vraiment pas besoin, je pourrais te dire de le garder, mais je le prends parce que je veux que tu apprennes la valeur de l'argent »…

750 francs par mois pour un minuscule studio meublé… Une petite fortune ! Mais c'est le prix à payer pour ma tranquillité. Détail amusant : mon nouveau numéro de téléphone commence par un V, comme victoire. J'y vois un signe encourageant. C'est tellement difficile, d'être à Paris… Mon Nice me manque. Ma famille, mes amis, leur affection, leur

chaleur… Le soleil, la mer, la plage entre midi et deux, la montagne à quelques pas. Les déjeuners du dimanche après la messe, chez tante Émilie. Les petits farcis et la pissaladière à nulle autre pareille, préparée avec tant d'amour par oncle Valentin et cousin Francis. Et tante Louise, et ma grand-mère Secondine, et mon grand-père saxophoniste à la Musique municipale de Nice…

Mais l'admiration de ma vie, c'est mon cousin Francis, qui était passé maître en son art, et offrait des moments d'enchantement et de rêve en jouant de la clarinette, du saxophone et du violon. Il a d'ailleurs fait partie de l'un des plus grands orchestres du monde : celui d'Aimé Barelli. De Frank Sinatra ou Ava Gardner à Liza Minelli, tous ont passé des soirées magiques, bercés par les rythmes de cet orchestre enchanteur, à l'hôtel de Paris ou sur les yachts les plus somptueux, ancrés au port de Monaco ou d'ailleurs. Si le monde entier n'a pu les applaudir, la raison en est simple : jamais ces artistes ne se sont résolus à quitter cette principauté de rêve, enviée par le reste du monde, où les associations, manifestations, événements liés aux causes humanitaires sont les plus nombreux parce que la grandeur d'âme et la générosité y répondent invariablement présentes.

Francis était un artiste hors pair, mais aussi un homme au grand cœur : d'une infinie générosité, il savait donner sans compter. Il lui arrivait, de temps à autre, de fréquenter les casinos de la Côte et de la

Principauté… et de « faire sauter une table »: ce gain providentiel, fêté avec joie mais nul orgueil, était alors précieusement « conservé », en toute pudeur, dans une boîte en carton. Mais peu de temps… car Francis n'oubliait jamais l'essentiel de la vie: le plaisir de rendre heureux sa famille, ses amis… Je me souviens que mon cousin tenait une comptabilité peu commune: armé d'un demi-mètre – qui avait pour usage la mesure du tissu –, il « jaugeait » ses économies en mesurant la hauteur qu'atteignaient ses billets entassés! Méthode singulière, pour un personnage hors du commun…

Francis était mon confident de chaque jour, le seul qui me comprenne vraiment et qui me soutienne envers et contre tout.

Son fils, Pierre, qui fait merveille au barreau de Nice, lui ressemble tant, à présent: cette même générosité, ce talent, et sa présence, qui continuent de me rassurer. Et je sais que Pierre a transmis, comme il l'a reçu de Francis, cet « héritage du cœur » à son propre fils, Renaud. Avec eux, du plus ancien au plus jeune, et aujourd'hui comme hier, le mot « famille » a un sens. Ils ont toujours été là, dans les bons comme dans les mauvais moments et, de cela, je leur saurai toujours gré.

Même si ceux que j'évoque m'ont terriblement manqué, j'ai su parvenir a être indépendante et vivre comme bon me semble. Je prends des habitudes de célibataire: le ménage n'est pas ma priorité, mes affaires traînent un peu partout, mon lit n'est pas toujours bien fait… En revanche, je me débrouille toujours pour récupérer, à droite ou à gauche, quelques fleurs fraîches – un bouquet de violettes, les fleurs préférées de maman – que je dispose dans un vase pour donner à mon petit logis du ton et des senteurs…

Ma nouvelle et grisante liberté me permet de multiplier les contacts. C'est ainsi que j'ai la chance d'être présentée à Johnny Stark. Un nom qui parle encore aujourd'hui. Il est le grand impresario du show-biz. Il gère la carrière de Mireille Mathieu et est l'agent de Johnny Hallyday, dont il me propose de présenter le spectacle à l'Olympia, avant de suivre le chanteur dans sa prochaine tournée ! Cette proposition me ravit – et m'inquiète tout à la fois. Johnny, c'est l'idole des jeunes. Présenter ses spectacles, c'est être capable de maîtriser des milliers de fans prêts à tout pour approcher leur rockeur préféré.

Juste avant la générale de Johnny, je vais à l'Olympia, une salle en passe de devenir mythique, que je ne connais pas encore. En levée de rideau : Trini Lopez, et en deuxième partie… les Beatles. Le spectacle n'est pas seulement sur scène, il est aussi dans la salle. Les gens hurlent, trépignent, interpellent leurs idoles, cassent des chaises… Je sais, dès lors, à quoi m'attendre.

Le soir de la générale de Johnny, l'ambiance est survoltée, mais pas hystérique. Quand j'arrive sur scène, la première personne que j'aperçois dans la salle, c'est Jean Marais, installé au premier rang. J'admire depuis toujours l'acteur, et l'homme. C'est pour lui que je vais tenter de faire ma première annonce. Je dis « tenter », car ni ce soir-là ni les suivants, je n'arriverai à aller au bout des quelques mots d'introduction que j'ai préparés. Le public, déchaîné, me coupe la parole en scandant : « Johnny, Johnny, on veut Johnny ! »

Pendant la tournée, ma vie sera quelque peu dissolue. Sitôt le spectacle achevé, Johnny et Jean-Jacques Debout, son ami de toujours, s'amusent comme des fous. L'alcool coule à flots, c'est une fête perpétuelle. Entre les débordements des fans et les plaisanteries de mes deux compagnons, je ne sais plus où donner de la voix !

Multiplier les galas est épuisant, mais cela me permet d'apprendre encore et d'arrondir mes fins de mois. Bientôt, je m'offre un chien – douce compagnie, quand on vit seule –, un adorable cocker que je baptise « Pirate » – en souvenir du célèbre restaurant-boîte de nuit niçois où j'aimais tant faire la fête – et… une voiture : une Austin d'occasion. Après des débuts un peu difficiles, je vais bientôt me faufiler dans les rues de la capitale comme si j'y avais toujours vécu !

*

Alors que mes consœurs ont presque toutes des activités parallèles à leur fonction de présentatrice, mon patron de chaîne, Philippe Ragueneau, me propose d'animer *Télé-Dimanche*, l'émission de Raymond Marcillac. J'en tremble d'avance. Raymond Marcillac est un des journalistes cultes de la chaîne. Réputé pour son professionnalisme – il a couvert à la radio l'arrivée du général de Gaulle à Paris, en 1944, et présenté le JT en 1961 –, il n'a pas le rire facile et ne semble pas s'intéresser à grand-chose en dehors du sport et de l'actualité. Passionné par son métier, il campe quasiment rue Cognacq-Jay, avec la « bande à Marci » – ses copains, tous fous de sport, comme lui.

Télé-Dimanche est une sorte de jeu télévisé, à mi-chemin entre le divertissement et le journal sportif. Les artistes invités sont surtout là pour distraire le public ; pourtant, tous veulent y participer. Diffusée en direct le dimanche après-midi, l'émission connaît une forte audience. Le principe en est de permettre à des jeunes de faire le tour du monde avec Air France. Je succède à mon ancienne consœur de Télé Monte-Carlo, Noëlle Noblecourt, dont j'apprends qu'elle a été renvoyée parce qu'elle a osé présenter l'émission avec une robe qui découvrait ses genoux…

Dès que j'arrive sur le plateau de l'émission, je comprends que Raymond Marcillac ne me fera pas de cadeaux. Mon tailleur strict – je suis boutonnée jusqu'en haut – lui convient… pas le reste. Les sourcils froncés, concentré à l'extrême, il guette le moment où je me mélangerai les pinceaux. Moins de dix minutes plus tard, je me trompe dans les additions, je couronne des candidats qui ne sont pas les bons, l'équipe technique a du mal à me suivre… Bref, c'est la pagaille.

Les téléspectateurs rient beaucoup – un peu trop, peut-être, au goût de Marcillac, qui me fustige du regard dès que j'ouvre la bouche. À la fin de l'émission, il vient me voir dans ma loge et donne libre cours à sa fureur : « Ma chère Denise, ce n'est pas la peine de revenir dimanche prochain. J'ai besoin de quelqu'un de compétent, pas de quelqu'un qui cafouille lamentablement et se permet de rire de ses propres erreurs. Je n'ai rien contre vous, mais ce n'est pas comme cela que je travaille ! »

On ne peut pas plaire à tout le monde… J'accepte le verdict – un peu dépitée, toutefois car, à ce moment-là, la tournée de Johnny est finie, et aucun gala n'est prévu. Le dimanche suivant, je regarde l'émission seule, chez moi, un peu triste de voir cette belle opportunité s'envoler.

C'est compter sans l'affection que me porte le public. Le lundi matin, le standard explose : les téléspectateurs exigent mon retour dans l'émission ! Marcillac plie. Il m'appelle et me demande de revenir.

De Claude François et ses Claudettes à Mike Brant, en passant par Tino Rossi, Johnny, Sylvie et tant d'autres, c'est à un vrai défilé de stars que j'assiste sur le plateau de *Télé-Dimanche*. Entre deux répétitions, beaucoup viennent me parler. Sous le maquillage et les paillettes, on sent une immense solitude : je les écoute, les rassure, ils se confient à moi en toute liberté, sachant que je ne les trahirai pas.

De temps en temps, Marcillac s'humanise. Il m'arrive de le faire rire – hors antenne, bien sûr ! Quand il est détendu, il se livre un peu, lui aussi. J'apprends qu'il organise des matches au profit des enfants de l'association Perce-Neige dont Lino Ventura est le président. Sous son air bourru se cache un homme généreux, qui a le culte de l'amitié. « Raymond est un coffre-fort qui se referme quand on le trahit », me dit un jour Geneviève, sa femme.

Je vais donner les coups d'envoi des matchs de la bande à Marci... Peu à peu, nous développons une vraie complicité. Avec son sérieux et mes fous rires, nous faisons des merveilles !

Grâce à *Télé-Dimanche*, mon emploi du temps est bien rempli, mais ma curiosité me pousse sans cesse à tenter de nouvelles aventures. Et quand Willy Guiboud, le rédacteur en chef des pages spectacle de *France-Soir*, demande à me rencontrer, je ne me fais pas prier. *France-Soir,* c'est quatre ou cinq éditions par jour, pour un tirage de plus d'un million d'exemplaires ! Et puis, j'ai toujours aimé l'écrit : c'est une école de précision, contrairement à l'audiovisuel, royaume de l'instantané où règne la vitesse et où

Le sourire d'une Niçoise dans les rues de Paris.

Télé Dimanche et l'école du direct avec un grand Monsieur : Raymond Marcillac.

© Jean-Claude Colin/Télé 7 Jours/Scoop

Avec François Mitterrand à Europe 1 : élégance, séduction, fidélité en amitié.

© Bennati/AFP

Rencontres de deux légendes : Éric Tabarly et Elie Nastase. © Collection particulière

Mais oui, Michel Sardou peut être souriant et détendu.

© Collection particulière

Sa Majesté Léon.

© Collection particulière

José Garcimore, un de mes plus beaux souvenirs de télévision.

© Angeli

Dans la nuit brésilienne, la star Alain Delon au milieu des Cariocas… mais Mireille Darc veillait.
© Michel Ristroph/Télé 7 Jours/Scoop

Avec Michel Drucker, en toute complicité…
© Keystone/Rapho

… plus modestement, quelques années plus tard à Paris, la même récompense.
© Alexis Duclos/Gamma

Devant le tableau du « Sacre » au château de Versailles, au milieu de quelques personnalités de la télévision et du showbiz.

Quelques « Unes » consacrées à une jeune débutante niçoise.

© Collection particulière et Télé 7 Jours/Scoop.

© Télé 7 Jours/Scoop.

Encore « la petite nouvelle » entourée des Sourires Légendaires.

© Collection particulière

Souvenirs de mes débuts dans la vie professionnelle : une séance photos où je m'étais beaucoup amusée à jouer les mannequins.

© Collection particulière

En cette fin des années 70, je me sens un peu seule au milieu de ces « monstres sacrés ».

© P. Jarnoux/Paris-Match/Scoop

En voyage de noces avec Francis à la Guadeloupe.

© Sygma/Paris-Match/Scoop

Sans commentaire : toutes les mamans me comprennent…

© Sygma/Paris-Match/Scoop

Pendant 27 ans, une restauratrice nommée DF.

L'amour fusionnel d'une mère et sa fille.

La Normandie et les planches à Deauville : la découverte de la région de mon mari.

Le bonheur parfait d'une famille à Nice arpentant la Vieille Ville.

J'accueille la première réunion des Niçois de Paris avec l'organisateur Christophe Kurlikowsky, au premier plan, qui se « lâche » un peu.

Même soirée : notre hymne niçois « Nissa la Bella », Alex à l'accordéon, sous l'œil expert du compositeur de « Chabadabada », Francis Lay.

Véritable affection pour une famille qui fait rêver mais qui n'a pas été épargnée :
Grace de Monaco et le prince Albert.
© Angeli et © Noël Carrier/Visual Press Agency.

Inauguration de la boutique Cartier à Nice avec mon complice Louis Nucéra et Michèle Laroque.
© Collection particulière

Rencontre chez des amis avec mon metteur en scène préféré Woody Allen et Patrick Bruel.
© Collection particulière

Marraine du défi « Ruban bleu » avec l'équipe record de la traversée de l'Atlantique.
© Collection particulière

Le moment où j'oublie tout : la rencontre chaleureuse et l'affection du public.

Un grand souvenir et une énorme fierté : l'organisation du concert des « Enfoirés à Nice ».

Une pose avant un déjeuner privé dans la villa d'Elton John à Nice.

Soirée de victoire et de liesse pour deux enfants de Nice et début d'une folle semaine !
À ce moment, toutes mes pensées vont à maman, à mon grand-père, héros de Verdun et à tous les miens.
© Bruno Bebert/Sipa

Accueil du Président à Nice : son courage, son engagement, sa spontanéité.
© Reuters

Je n'ai pas le pied marin, mais en croisière avec la tournée « Âge tendre » et 4000 fans, j'oublie tout.
© APS-MEDIAS

l'obligation de faire montre de réflexe s'allie à l'interdiction de commettre la moindre erreur. Willy Guiboud me propose de faire des papiers sur les stars que je reçois dans *Télé-Dimanche*: « Vous avez la chance de participer à une émission qui a un gros succès, me dit-il au cours d'un déjeuner. Les personnalités que vous recevez se confient à vous, je suis sûr que vous pourriez en tirer de très bons articles. Il nous faut des scoops. On s'occupe des photos, vous, des textes… Qu'en pensez-vous ? »

Ce que j'en pense ? Pour l'instant, je suis tout de même plus à l'aise devant un micro que devant une page blanche, mais je peux au moins essayer. J'accepte donc cette nouvelle mission, un peu vite, sans me rendre vraiment compte de la somme de travail que ce la représente. D'autant que Willy Guiboud se montre assez directif – ce qui est, somme toute, normal, puisque je débute dans cet exercice.

« Surtout, Denise, n'enregistrez rien au magnétophone, ça risque de s'effacer. Rien ne vaut du papier et un bon stylo ! »

En début de semaine, je rencontre ses collaborateurs, et nous convenons ensemble du choix de la « vedette du lundi ». Le dimanche soir, juste après l'émission, je rejoins la personnalité choisie, dans sa loge, armée d'une quarantaine de questions rédigées à l'avance avec le concours de Willy Guiboud. Un seul objectif: faire parler mon interlocuteur le plus possible. Ensuite, je dois choisir un angle pour mon papier, et extraire de ces entretiens ce qui me semble le plus intéressant.

Sitôt l'interview terminée, je me précipite en direction du 100 de la rue Réaumur, le siège de la rédaction du journal. Une rédaction ? Une véritable ruche, au sein de laquelle chaque petite abeille est affectée à un poste bien précis. Tout le monde s'affaire, les machines à écrire crépitent… On est loin de l'univers feutré de la télévision, et pourtant, cette ambiance électrique me fascine. La télévision m'a appris à rester calme en toutes circonstances. Ici, on s'interpelle, chacun crie plus fort que l'autre pour se faire entendre. Et quand un scoop arrive, le bourdonnement de la ruche s'amplifie. Chacun écrit son papier, sur un coin de bureau, dans une ambiance chaleureuse.

Mes premiers essais finissent tous, roulés en boule, dans la corbeille à papier. L'interview écrite n'a rien à voir avec l'interview télévisuelle. C'est un travail plus laborieux, plus subtil, aussi, car il faut être capable de transcrire les propos qu'on a recueillis, mais aussi restituer, intacte, l'émotion qui s'en est dégagée – le tout, sans jamais trahir l'interviewé…

Le stress me gagne, sous le regard critique de Willy, qui ne laisse rien passer. Pour m'aider à me concentrer, il m'a « isolée » dans une petite pièce et a mis la clé dans sa poche, afin que personne ne vienne perturber mon travail. Quand j'arrive enfin à lui remettre ma copie, j'ai l'impression d'être une élève face à son professeur. Je guette des réactions sur son visage impassible. Ce grand monsieur de la presse est plutôt avare en matière de compliments…

Au fil des semaines, je parviens à faire des « portraits minute » assez réussis. Chaque lundi, je peux lire ma prose en dernière page. Mes interviews plaisent. Et plairont pendant plus de deux ans…

C'est au tour de la Maison de la Radio de m'inviter à animer les matinales (6 heures-8 heures), sur France-Inter. Une belle revanche, pour moi qui me suis maintes fois fait éconduire sous prétexte que ma voix n'était pas radiophonique… Je prends conscience que ceux qui, hier, me dénigraient, sont prêts désormais à m'accueillir à bras ouverts. Cela fait partie des règles du jeu. Avec un peu de tolérance et beaucoup de bonne humeur, on arrive à faire la part des choses et à « pardonner »…

France-Inter, c'est alors la radio qui monte. Je dois me lever à 5 heures du matin, mais je m'aperçois que cette tranche horaire est idéale pour faire son apprentissage.

Après quelques mois passés à me partager entre télé et radio, mon cœur ne balance pas: je souhaite concilier les deux! Ces deux écoles, très différentes l'une de l'autre, se complètent. Quand on a goûté à l'une et à l'autre, on ne peut plus s'en passer. Les animateurs qui comptent aujourd'hui dans le paysage audiovisuel l'ont bien compris. De Marc-Olivier Fogiel à Jean-Marc Morandini, en passant par Laurent Ruquier et Stéphane Bern, tous veulent avoir la possibilité de passer d'une discipline à l'autre, sans avoir à choisir.

La radio offre une certaine liberté, par rapport à la télévision. C'est une petite famille. L'apparence n'est pas une priorité – sauf, bien entendu, si l'émission est filmée. Alors que la télévision est une grosse machine.

En ce qui concerne le stress et le trac, l'absence d'image a un pouvoir rassurant. Pour ma part, j'ai plus de facilité à me détendre quand je ne suis pas sous l'œil de la caméra. Même si le trac ne vous quitte jamais, que ce soit devant un micro ou devant une caméra.

Au cours des deux années suivantes, je vais mettre à cœur de réapprendre mon métier d'animatrice radio chaque jour, sans relâche – au point d'y laisser parfois ma santé, tant mes journées sont interminables. Mon entourage, inquiet, me conseille de freiner un peu: « Prends des vacances, ressource-toi. À ce rythme-là, tu ne tiendras pas le coup bien longtemps… »

J'obtempère. J'accepte de me mettre au vert quelques jours et de partir à la campagne, mais la nature ne m'inspire guère… C'est un fait: je ne suis jamais aussi heureuse que lorsque je peux exercer ce métier que j'aime avec passion. Jamais ?... Je ne sais pas encore que quelque chose, ou plutôt quelqu'un, va venir bouleverser ma vie de « célibattante ».

Coup de foudre aux Buttes-Chaumont

Vivre seule, j'en rêvais… Mais certains soirs, la solitude commence à me peser. Bien sûr, je pourrais m'étourdir dans les cocktails et les soirées – je reçois beaucoup d'invitations –, mais mon agenda ne me le permet pas : je dois être en mesure d'assurer mon émission de radio à 6 heures du matin ! Ces horaires exigent une discipline de fer, d'autant que j'enchaîne avec mon métier de présentatrice. Je me plie cependant bien volontiers à ces contraintes… avant, le soir, de céder à des coups de cafard. Certes, j'ai Pirate, mon chien – heureusement –, mais ce n'est pas suffisant. Ce qu'il me faudrait, c'est une présence, une vraie. Quelqu'un à qui je raconterais mes journées, avec qui je partagerais mon petit déjeuner – que j'aimerais, en somme…

J'aime donner, bien sûr, mais je me rends compte que, sans partage, la vie n'a aucun sens. Des flirts, j'en ai eu. L'amour, en revanche, je n'y ai pas goûté – jusqu'à ce jour où…

Pour les besoins de mes interviews, je me rends souvent dans les studios des Buttes-Chaumont. Les Buttes, c'est un lieu magique, une vraie caverne d'Ali Baba où se tournent les grandes « dramatiques », les émissions de variété des Carpentier ou de Jean-Christophe Averty. J'adore me promener au cœur de cette fourmilière où chacun s'active selon sa spécialité. Quel que soit le moment, une surprise vous attend au détour d'une allée : un décor en cours de construction, des comédiens en train de répéter avant une prise, des costumes d'époque qu'une habilleuse retouche à la dernière minute… Dans l'air, flotte le parfum excitant des grandes créations. Chaque personne présente est concentrée sur le projet du moment. On va aux Buttes comme on va au spectacle.

Sauf que, ce jour-là, je ne suis pas d'humeur. Je dois présenter une émission de Catherine Anglade intitulée *Quoi de neuf?* réalisée par un certain Jean-Paul Carrère. Nous avons rendez-vous pour un premier contact avant le tournage.

Cet homme jouit déjà d'une réputation prestigieuse, mais je ne l'ai encore jamais rencontré. D'après ce que j'en sais, il a adapté pour le petit écran des monstres sacrés du théâtre comme Tchekhov, Anouilh, Cocteau, et signé les fameuses enquêtes du commissaire Maigret. C'est l'un des réalisateurs de dramatiques les plus cotés de la télévision. Le seul problème, c'est qu'il est très en retard. Pour moi qui ne badine pas avec l'exactitude – mon emploi du temps est minuté –, c'est intolérable.

Cognacq-Jay étant à l'opposé des Buttes, je vais devoir encore courir et flirter avec le code de la route pour rejoindre le plateau. Je suis déçue et furieuse.

Quand Monsieur le Grand Réalisateur daigne enfin se montrer sur le plateau où toute l'équipe l'attend, je suis prête à exploser. Mais quand il arrive à ma hauteur – très sûr de lui, avec son teint hâlé et son blouson d'aviateur – et qu'il commence à s'excuser, un sourire au coin des lèvres, je fonds. C'est la première fois que je ressens quelque chose de si intense. Incapable de soutenir son regard bleu azur, j'essaie de me donner une contenance. Mon cœur bat la chamade, le sol se dérobe sous moi. Je suis incapable d'aligner trois mots sans bafouiller – comme à mes débuts !

Lui, en revanche, me regarde à peine… À ses yeux, je ne suis manifestement rien de plus qu'une présentatrice parmi d'autres. C'est ce qui s'appelle un coup de foudre à sens unique… Après un bref échange avec la productrice et l'équipe technique, Jean-Paul Carrère se tourne vers moi et me décroche son plus beau sourire : « Voilà, je crois que nous avons vu l'essentiel. Je sais que vous être pressée. On se voit demain ? » Je balbutie un : « Oui, demain » inaudible, et m'enfuis comme une voleuse.

Ce soir-là, j'ai bien du mal à me concentrer. Entre deux annonces, je pense à lui, et encore à lui. J'aime ses yeux, son timbre de voix, sa silhouette élancée… J'aime déjà tout !

Le lendemain, l'objet de mes tourments arrive pile à l'heure. Le tournage commence… Mon beau réalisateur se montre poli, souriant, mais terriblement distant. Les jours suivants, je tente de glaner des informations sur lui. Comme je feins d'aspirer à la carrière d'actrice – pour mieux l'approcher –, il m'invite à déjeuner pour évoquer le sujet.

Quand j'arrive aux Buttes, je découvre que nous ne déjeunerons pas en tête-à-tête… Jean-Paul est accompagné de sa script et de l'un de ses assistants. Il ne comprend pas ma décision de vouloir me lancer dans la comédie, certain que j'ai un bel avenir à la télévision. « Vous êtes une excellente présentatrice, cela ne vous suffit pas? » insiste-t-il. Les deux membres de son équipe se rangent à son avis. Moi, je ne souhaite qu'une chose: que le supplice prenne fin. Engoncée dans mes beaux habits, je reste muette jusqu'au café. « Si vous persistez dans votre idée, me dit Jean-Paul au moment de nous séparer, je vous conseille de vous inscrire au Centre dramatique de la rue Blanche. C'est une école réputée. Le concours d'entrée est difficile, mais on ne sait jamais… »

J'en profite pour lancer une dernière perche: « J'aimerais bien vous tenir au courant de mes démarches. Est-ce que je pourrais vous appeler? » Jean-Paul acquiesce avec un sourire. Nous échangeons nos numéros de téléphone. Pour ma part, je ne me fais plus aucune illusion.

Pourtant, je le rappelle, une semaine plus tard. Sept jours, autant dire une éternité, pendant lesquels je me raisonne. Dans un sursaut d'orgueil, je décide que ce premier coup de fil sera le dernier !

Jean-Paul me propose à nouveau de déjeuner, et nous nous retrouvons dans un bistrot typique de Montmartre. Je respire. Du moins, au début, car ensuite, les choses s'accélèrent. La proximité de cet homme me plonge dans un trouble que je ne parviens pas à maîtriser. J'ai la gorge nouée, les jambes en coton. Nous parlons. Il est fin, cultivé, sensible, attentif. Sa maturité me rassure, la vivacité de son intelligence m'éblouit. Le regard qu'il pose sur moi est un regard plein de tendresse et d'affection. Le déjeuner s'achève trop vite. Alors qu'il règle l'addition, je repousse ma chaise et me lève, à regret. Jean-Paul m'aide à enfiler mon manteau, et soudain, c'est le trou noir, je m'effondre. Un vrai évanouissement, dû à la fatigue, et qui n'a rien à voir avec mes fausses aspirations de comédienne ! Mais Jean-Paul s'affole… Il commande du cognac. Je fais la grimace, mais il me force à boire. Je me ressaisis – un peu honteuse, tout de même.

Jean-Paul me dit qu'il va me raccompagner. Quand nous arrivons rue de Javel, devant mon immeuble, il sort de la voiture et vient m'ouvrir la portière avec une galanterie délicieuse. Il me prend la main et me dit d'une voix douce : « J'ai passé un moment très agréable. J'espère que nous allons nous revoir… » Je lui souris, apaisée. C'est à ce moment précis, du moins je le crois, que le déclic s'est produit de son côté… Du mien, c'était déjà fait depuis longtemps.

*

Jean-Paul et moi apprenons à nous connaître. Nous déjeunons ensemble le plus souvent possible. Il me fait découvrir de nouveaux restaurants. Quand nos emplois du temps respectifs le permettent, nous jouons les prolongations en allant flâner aux Tuileries ou dans les jardins des Buttes-Chaumont. Nous parlons beaucoup, de tout et de rien. C'est un homme de lettres. Sa culture théâtrale – et cinématographique – me fascine. À l'inverse d'autres hommes érudits que j'ai déjà croisés, il ne m'écrase jamais de son savoir. Il ne m'assomme pas de son expérience, mais me fait partager avec beaucoup de simplicité et de modestie les moments les plus forts de sa vie. Il me parle de ses projets, me fait découvrir ses auteurs préférés. Cet échange profond et sincère me comble de bonheur.

Au fil de ces déjeuners, je me dévoile aussi. Car j'ai conscience qu'une histoire ne peut se construire sur des bases incertaines, avec des zones d'ombre. Je lui raconte maman, mes années pension, le Bon-Pasteur, ma vie de petite Niçoise qui rêve de monter à Paris… Je me livre, en toute liberté. Il m'écoute. Je crois que ma spontanéité le touche. Quant à moi, je sais déjà que ma vie est liée à la sienne…

Pour vivre pleinement ma belle histoire, il me manque l'approbation de mes parrains corses… S'ils me donnent leur « bénédiction », j'obtiendrai aussi celle de maman. J'organise un déjeuner. C'est Jean Bonfanti, le seul de mes parrains disponible ce jour-là, qui décidera si je peux ou non envisager un avenir avec mon beau pygmalion.

Au dessert, comme convenu avec Jean, je m'éclipse quelques instants. Quand je reviens des toilettes où je me suis réfugiée pendant que Jean-Paul se soumet à son examen de passage, je lis sur le visage de Jean que je peux rester sur mon petit nuage.

Quelques semaines plus tard, Jean-Paul me fait part de son intention de m'épouser. Le plus vite possible ! Ce n'est pas un homme de demi-mesures, c'est sans doute ce qui a plu à Jean Bonfanti. J'accepte, bouleversée.

Le 18 septembre 1965, Achille Peretti, alors maire de Neuilly, nous unit. Divorcé, Jean-Paul connaît mon attachement aux valeurs traditionnelles et respecte mon éducation chrétienne. Craignant que je souffre d'un manquement à la tradition religieuse, il m'offre un mariage de princesse et organise une superbe réception à *La Grande Cascade*, le célèbre restaurant du bois de Boulogne. Tout le monde répond présent, je rayonne ! Ma vie de femme commence sous les meilleurs auspices !

Heureuse, je le suis. Au-delà de ce que je pouvais imaginer. La vie à deux, j'adore ça. Je n'ai rien d'une femme d'intérieur accomplie, mais mon désir de bien faire compense largement mes maladresses de débutante. Je suis aux petits soins pour mon mari. Avec une naïveté dont je n'ai pas conscience alors, je me plonge dans mon rôle d'épouse amoureuse. Je veux que tout soit parfait pour l'homme que j'aime. Je ne m'aperçois pas qu'en agissant ainsi, je nous enferme dans un scénario dont peut-être nous nous lasserons au fil des années…

Pour l'heure, entre lui et moi, c'est l'osmose. La journée, nous vaquons à nos obligations professionnelles ; le soir, nous sortons. À nous deux, nous connaissons beaucoup de monde. Concerts, spectacles, dîners, chaque soir est une fête qui, bien souvent, se prolonge au Saint-Hilaire, le club de François Patrice où se retrouvent toutes les personnalités du monde du spectacle et du milieu littéraire. Jean-Paul m'introduit dans son petit cercle d'intimes : Maurice Ronet, François Chalais, Joseph Kessel… François Chalais, le meilleur ami de Jean-Paul, m'a tout de suite acceptée. J'en suis fière : il a la dent dure… Célèbre pour son émission *Reflets sur Cannes*, c'est un critique redouté – mais, comme souvent, derrière ce masque se cache un homme gentil et attentif…

Auprès de ces personnalités hors du commun, je grandis, je m'épanouis. Mais au bout de quelques mois de cette vie quelque peu en marge, Jean-Paul me remet sur les rails : « Tu dois battre le fer pendant qu'il est chaud, me dit-il. Tu connais aussi bien que moi la fragilité de nos métiers. Quand on s'absente un instant, c'est fini… Je sais que tu peux aller encore très loin. »

Ma réussite, c'était lui… Mais peut-on dire ce genre de chose à un homme sans lui faire peur ? Je me range à son avis. En échange, je lui demande de réaliser certains *Télé-Dimanche* : ce sera l'occasion d'être un peu ensemble. Car, de ce côté-là, les choses sont compliquées. Comme tout artiste, Jean-Paul alterne entre agenda surchargé et périodes creuses. Ces montagnes russes secouent notre couple. On fait face comme on peut. Tant que l'amour est là, rien de grave ne peut arriver…

*

Les événements de Mai 68 me surprennent dans une période très féconde sur le plan professionnel. Entre *Télé-Dimanche*, *France-Soir*, Cognacq-Jay, les Buttes, la Maison de la Radio, je n'ai plus une minute à moi.

Il y a aussi l'hebdomadaire *Restez donc avec nous le samedi*. Ma rencontre avec Garcimore, sur le plateau de cette émission que je présente avec Pierre Douglas, reste à jamais gravée dans mes souvenirs. Je n'ai jamais su s'il ratait vraiment ses tours de magie, ou s'il le faisait exprès, pour déclencher l'hilarité du public… et la mienne ! En répétition, tout est parfait. Le lapin sort du bon chapeau, la bonne carte apparaît sous la pile, le texte est bien coordonné, les colombes viennent se poser sur l'épaule du magicien… Mais, dès que la lumière rouge de la caméra s'allume – c'est du direct, bien sûr –, c'est la catastrophe. Le chapeau a disparu, le lapin aussi, les cartes s'éparpillent et les colombes, au lieu de sortir du chapeau, sortent… de mon décolleté.

Hors antenne, Garcimore se voit sévèrement réprimander. Il assure que tout ira mieux la prochaine fois. Qu'il sera plus *« décontrasté »* – mot qui l'a rendu célèbre ! La productrice, Éliane Victor, furieuse, le met en demeure de réussir au moins un tour sur deux, et de revoir son français ! Pierre et moi décidons de le faire répéter, mais rien n'y fait : au moment du direct, Garcimore devient incontrôlable. C'était un marchand de bonheur, un maladroit de génie. Et c'est avec ses innombrables ratages qu'il a fait le tour de la France et rempli l'*Olympia*…

Lorsque j'étais prise d'un fou rire, rien ne pouvait l'arrêter. Je ne pouvais plus parler ! Un matin, alors que j'ai « trop ri » la veille, comme d'autres ont trop bu ou trop fait la fête, j'ai droit à un coup de téléphone de la direction : « Denise, on adore quand vous riez, mais ne laissez pas le téléspectateur sur sa faim ! Partagez avec lui ce qui vous fait rire… »

Oui, je ris beaucoup. Hors antenne, et à l'antenne. Heureusement, car ma belle histoire d'amour commence à se teinter de gris. Le fossé se creuse de plus en plus entre Jean-Paul et moi. On ne se dispute même pas, puisqu'on ne se voit presque plus. Je présente, j'anime, j'écris, je suis sur tous les fronts – sauf celui de la politique.

1968… C'est le branle-bas de combat partout, y compris à Cognacq-Jay : les contestataires, non contents de lancer des pavés au Quartier Latin, investissent nos locaux. Le soir, je rentre chez moi, escortée par des policiers, sous les sifflets – on nous prend pour des briseuses de grève – et les menaces de mort… alors que nous étions réquisitionnées – service public oblige. L'ORTF est mal vue par les plus jeunes qui scandent leur fameux : « Il est interdit d'interdire ». Maman, affolée, me téléphone tous les jours. La France entière vit, elle aussi, son Mai 68, mais de façon moins violente.

Au milicu du chaos ambiant, Marcillac redresse la tête. Refusant de céder à la pression générale, il entend continuer à tourner ses émissions. Il me demande de présenter avec lui un *Télé-Dimanche* dont Joséphine Baker serait la vedette. Cette gaulliste convaincue – elle est décorée de la légion d'honneur et de la médaille militaire – souhaite exprimer son amour et son soutien indéfectible pour la France, pays qui a largement contribué à son immense succès, dans les années trente, avec la chanson *J'ai deux amours*, composée par Vincent Scotto.

Mon entourage me conseille de renoncer à ce projet, mais je ne les écoute pas. Joséphine Baker, c'est le symbole de la grande époque des Folies-Bergères et du *Casino de Paris*. En adoptant une ribambelle d'enfants, elle a aussi prouvé qu'elle était une femme de cœur. Il y aura un *Télé-Dimanche* spécial Joséphine Baker.

C'est devant un parterre de fleurs tricolores que la célèbre meneuse de revue entonne le premier couplet de: *J'ai deux amours*. Sa prestation – très suivie, et très applaudie par les téléspectateurs – a-t-elle pu remettre la France sur les bons rails? Toujours est-il que, dès le lendemain, la grève s'essouffle. Bientôt, le général de Gaulle reprend les rênes du pouvoir.

Je l'aimais bien, le Général. Il faisait partie de mon éducation, de ma culture. De Gaulle, c'était l'honneur, la patrie. Ce président incarnait toutes les valeurs qui m'avaient été inculquées depuis l'âge le plus tendre. J'ai eu l'immense privilège de le rencontrer à l'Élysée, lors d'un cocktail, peu de temps après les événements de 1968. Il m'a serré la main, j'étais émue comme une enfant. Mme De Gaulle était à ses côtés, souriante et chaleureuse. Il y avait beaucoup de personnalités du monde du spectacle, des têtes d'affiche que j'avais interviewées sur le plateau de *Télé-Dimanche*. Je me souviens de Brigitte Bardot qui, ce soir-là, était arrivée en costume de grenadier d'Empire. Le Général avait eu ce commentaire: « Ah, quel beau petit soldat! » Pour ma part, ne connaissant pas le protocole de l'Élysée, je n'avais pris aucun risque vestimentaire : j'avais bien trop peur de commettre un impair…

*

Le 2 février 1969, *Télé-Dimanche* fête son dixième anniversaire ! Un record, pour une émission au concept aussi simple qu'efficace.

C'est sur ce même plateau que je rencontre le réalisateur Jean-Paul Le Chanois : il me propose le premier rôle d'un feuilleton – on ne parle pas encore de « série » – qu'il a écrit pour la télévision. Me voilà partie pour une nouvelle aventure : trois mois de tournage, à concilier avec mes autres activités. De quoi m'éloigner encore un peu plus de Jean-Paul…

Mon partenaire n'est autre qu'un certain… Coluche. Ses conseils judicieux et sa gentillesse m'aident beaucoup à surmonter le trac du premier « Moteur ! Silence, on tourne ! » Habituée au direct, je ne me sens pas très à l'aise quand je dois refaire dix fois la même scène. J'ai l'impression que je perds toute spontanéité. Et si, peu à peu, je me plie aux contraintes du tournage, je sais déjà que je ne renouvellerai pas l'expérience.

Bientôt, un autre clap de fin vient chambouler ma vie… En juillet 1971, Jean-Paul et moi divorçons. À la sortie du Palais de justice, nous buvons une coupe de champagne. « On ne s'aime plus », mais on va rester amis, c'est promis… J'ai le cœur serré. Jean-Paul m'a tout donné, tout appris. Il m'a protégée. Trop, peut-être. J'ai vécu avec lui des moments inoubliables. Six ans d'une vie, ça ne s'efface pas comme ça.

Me voilà à nouveau seule. À quoi ma vie va-t-elle ressembler, sans lui ?

La vie devant moi

Une rupture, même sans heurts et sans pleurs, ça fait mal. Ça abîme et ça fragilise. On se remet en question. Bien sûr, nous aurions pu faire comme beaucoup d'autres couples : trouver un compromis, et choisir de rester « quand même ». Mais notre soif d'absolu à tous deux ne pouvait se satisfaire d'une demi-mesure. Continuer à vivre ensemble, alors que la flamme du début avait disparu ? Impensable.

Je m'étais engagée avec passion dans cette grande aventure qu'est le mariage, sans penser que ce choix était peut-être prématuré ou précipité. J'aimais Jean-Paul de toute mon âme. Il m'apportait ce que personne, jusque-là, ne m'avait apporté. Il était à la fois l'amant, l'ami, l'époux attentionné, le confident et le conseiller, et sans doute ce père qui me manquait et me manquera toujours. Là où d'autres hommes m'auraient demandé de freiner mes activités pour me consacrer à mon foyer, il m'avait au contraire poussée à continuer, pour me réaliser sur le plan professionnel.

Je lui dois beaucoup, pour ne pas dire *tout*. C'était lui, toujours, qui me poussait vers l'avant. Quelle que soit la situation, il s'arrangeait pour créer les conditions nécessaires à mon épanouissement.

Mais mon emploi du temps surchargé – et, sans doute, notre trop grande différence d'âge – a fini par avoir raison de notre amour. Comment se parler, comment rester complices, quand on ne fait plus que se croiser entre deux couloirs ? Je lui ai fait du mal, c'est sûr. Pudique, il n'en a jamais fait état. Il voulait mon bonheur avant tout, même si cela devait nous éloigner.

Avec le recul, je me dis qu'à un moment de notre histoire, j'ai eu besoin de voler de mes propres ailes, de sortir de cette prison dorée dans laquelle je m'étais enfermée.

*

À présent, je dois me reconstruire, réapprendre à vivre seule. M'apitoyer sur mon sort n'est pas dans ma nature, mais, tout de même, la transition est rude. Heureusement, entre Jean-Paul et moi, il n'y a pas de différend matériel. Il tient à ce que je conserve l'appartement qu'il avait acheté juste avant notre mariage. Dans un premier temps, je refuse. Je ne veux pas qu'il soit lésé. Il insiste et je finis par accepter, à condition que je continue à en assumer le crédit. Les traites sont lourdes et, pour honorer cet engagement envers Jean-Paul, je travaille comme une folle – télé, radio, présentations d'émissions et, le week-end, j'enchaîne les galas. Je pars à l'aube, et rentre souvent après minuit. J'accepte tout ce qu'on me propose. Fatigue, stress, coups de cafard : il m'arrive souvent de craquer, mais je ne le montre pas. Je garde le sourire. Les spectateurs ont, eux aussi, leurs soucis et leurs drames personnels. S'ils se déplacent pour voir un spectacle, c'est pour s'évader, sortir de leur quotidien : mon métier, c'est d'apporter de la joie, du rêve, et je déploie beaucoup d'énergie pour offrir à chacun ce qu'il est venu chercher.

Quand je rentre, le soir, après un gala, dans mon grand appartement vide, je mesure l'ampleur de ma solitude. Certes, je vois quelques amis, mais ce qui me manque, c'est une vraie chaleur humaine. Pendant mon divorce, maman m'a beaucoup soutenue et, depuis, nous nous parlons presque tous les jours au téléphone. Cela m'aide, mais le téléphone a ses limites… Dans les moments de détresse, rien ne vaut la présence physique de ceux qu'on aime.

Travailler pour oublier ou pour combler un vide, ce n'est pas un but en soi. Et même si j'adore mon métier, je me sens triste et découragée. Mon moteur, c'est de donner du bonheur aux autres. Si je n'ai plus ça, je n'ai plus envie de travailler. Au milieu de cette tourmente, j'éprouve le besoin impératif de renouer avec mes racines. Après avoir parcouru des milliers de kilomètres pour ces galas qui me permettent de faire face aux contingences de la vie matérielle, je peux enfin m'autoriser un petit break de trois jours. Sur un coup de tête, je décide de faire une surprise à ma mère. Au cours de ces deux dernières années, la famille Truchi s'est rétrécie. Mes grands-parents sont morts, ainsi que certains de mes oncles et tantes. Maman doit, elle aussi, se sentir bien seule, à présent.

À peine débarquée dans ma ville natale, je me rends à la boutique où elle travaille. Ne la voyant pas, je demande à une employée où elle est partie. La vendeuse me répond du bout des lèvres, un peu embarrassée: « Euh... Elle est là, devant... » Devant? Je sors du magasin, jette un coup d'œil à droite, puis à gauche, et soudain, je l'aperçois, de dos, frêle silhouette toute de noir vêtue, tenant un chien en laisse... C'est le teckel de la patronne. Nous ne sommes qu'au début de l'automne, et pourtant, il fait un temps glacial. Le ciel est noir, une pluie fine commence à tomber. Je cours vers maman. Je ne comprends pas ce qu'elle fait là, sans imperméable ni parapluie. Quand elle me voit, un sourire stupéfait illumine son petit visage fatigué. Je la serre dans mes bras, mais ma joie est gâchée. Furieuse, je l'entraîne, malgré ses protestations, vers la boutique. J'ouvre la porte, et je lâche le chien à l'intérieur. Tous les regards convergent sur nous. Maman, tétanisée, n'ose rien dire. Je sais qu'elle meurt de honte – je l'ai toujours vue ainsi: passive, résignée devant son sort –, mais cette fois, c'en est trop, je ne peux pas la laisser se rabaisser ainsi devant des gens qui abusent sans vergogne de sa gentillesse. La petite Denise d'hier a laissé place à une femme libre, une femme qui s'assume et qui revendique le droit à l'égalité. Maman m'a protégée pendant des années, c'est à mon tour de prendre soin d'elle. Je lui dois bien ça. Je prends mon souffle et lance, d'une voix calme : « Regardez bien, c'est la dernière fois que vous voyez Louise Truchi ! » Maman me regarde, médusée. « Denise, enfin, calme-toi », balbutie-t-elle. Trop tard, nous sommes déjà dehors.

« Je viens de perdre mon travail ! qu'est-ce que je vais devenir, maintenant ? » proteste-t-elle alors que je l'entraîne vers la maison. Une dispute éclate.

« Tu appelles ça un travail ? Cette femme se sert de toi depuis des années. À partir de maintenant, c'est terminé. Je vais m'occuper de toi !

— Enfin, Denise, tu sais bien que tu ne peux pas, tu as ton travail, et puis, tu vis à Paris…

— Je te demande juste de me faire confiance. Allez, viens, on va faire ta valise. »

À court d'arguments, elle se laisse convaincre. J'ai conscience qu'elle laisse toute sa vie derrière elle, ses amis, ses habitudes, ses racines, mais la décision que je viens de prendre n'est pas le résultat d'un mouvement d'humeur, c'est une vraie décision, avec toutes les responsabilités que cela implique. Je ne peux abandonner ma mère. Je ne peux pas laisser tomber ceux que j'aime. Quelques semaines plus tard, Pierre Pasquini, l'un de mes parrains corses, me met en garde : « Pour l'instant, ta mère est encore valide, mais tu te prépares des lendemains difficiles… Tu as un métier dévorant, comment feras-tu ? » Cela ne remet pas en cause ma décision. Je suis prête. Deux femmes seules : c'est tout ce qui reste du clan des Truchi.

*

Au bout du compte, les choses ont été assez simples. Maman m'a tout de suite proposé de vendre son appartement de Nice. Avec cet argent, nous avons pu lui acheter un studio à deux pas de chez moi, et lui offrir tout le confort dont elle avait besoin.

Une vie à deux débute… C'est bon, souvent joyeux, parfois agaçant, mais jamais pesant. Maman et moi avons besoin de refaire connaissance. Elle ignore tout du genre de vie que je mène, à présent. Quand elle venait me voir dans mon petit studio de la rue de Javel, c'était différent, je commençais tout juste à acquérir une certaine notoriété parisienne. Aujourd'hui, je suis devenue « célèbre » ! Maman achète la presse, découpe, classe… Pour la petite histoire : j'ai fait trois fois la une de *Paris Match* lorsque le journal publiait la liste des dix Françaises les plus influentes auprès du public. Aucune speakerine n'a jamais eu ça. Mais je crois que j'aurais préféré faire partie des « plus aimées » plutôt que des « plus influentes »…

Maman commence à tenir un vrai rôle auprès de moi. Elle s'occupe de la maison, prend plaisir à gérer l'intendance. Cela me ravit, car au début, j'avais peur qu'elle regrette son quartier, sa ville, sa routine. Je la sens heureuse et épanouie. On rattrape le temps perdu. Nous ne sommes pas de grandes bavardes, toutes les deux, aussi ces retrouvailles passent-elles par des regards, des attentions, des moments de tendresse où le silence rime avec bien-être. On est ensemble, et, comme dans un mariage, ce sera pour le meilleur et pour le pire. Le pire, ce sera la vieillesse, la maladie peut-être, et cet imprévu que chacun redoute. Mais, pour l'heure, nous en sommes aux « fondations »…

Bien sûr, on ne peut pas refaire l'histoire, mais on peut au moins la dédramatiser, lui donner d'autres couleurs pour qu'elle cesse d'être une page noire – je pense, bien sûr, au Bon-Pasteur et à toutes les injustices que j'ai subies. Ce que je vis dans mon métier, tous ces petits bonheurs télévisés au quotidien, m'aident dans cette quête de paix intérieure. Faire le bonheur des autres, ou, tout au moins, y contribuer – en l'occurrence, celui de maman –, se révèle être le dopant le plus efficace que je connaisse. Il vaut tous les antidépresseurs du monde. Maman vit un peu à travers moi. Quand je la regarde, je ne vois plus ce petit bout de femme, toujours habillé de noir, qui portait sur ses épaules un fardeau trop lourd pour elle – la vie ne l'a pas épargnée – mais une femme joyeuse qui se sent à sa place, ici, à Paris, avec moi.

Cela ne l'empêche pas de conserver ses habitudes. Certaines me font rire, comme quand je reçois des roses et qu'elle en prélève, à mon insu, quelques-unes pour aller les porter à l'église. D'autres me font réagir, comme lorsqu'elle se permet de critiquer mes amis : « Ils ont mauvais genre », insiste-t-elle, oubliant que j'ai passé l'âge de quêter son approbation. Je la remets à sa place, gentiment, mais fermement : « Maman, je travaille avec ces gens-là, alors je te demande de ne pas les juger. Et puis, je fais ce que je veux. Je n'ai plus de comptes à rendre à personne… »

Hormis ces légères mises au point, chacune poursuit son petit bonhomme de chemin sans empiéter sur la liberté de l'autre.

*

Nous sommes en 1971, et je vais bientôt quitter la Deux. Pierre Sabbagh y succède à Philippe Ragueneau, tandis que Roland Dhordain débarque sur la Une.

Un jour, Jean Drucker, l'un des conseillers de Dhordain – et frère aîné d'un certain Michel Drucker –, vient me voir : Dhordain et lui-même souhaiteraient que je « monte » sur la Une. Toujours ouverte au changement, j'accepte : me voilà donc sur la Une. Je ne sais pas encore que j'y resterai trente ans !

Et ma vie sentimentale, dans tout ça ? Les journalistes chasseurs de scoops s'en préoccupent plus que moi… Plusieurs années s'écoulent avant que je ne retrouve « l'envie d'y croire », comme on dit. Goûter au grand amour m'a rendue exigeante – si besoin en était. J'ai toujours privilégié les histoires pérennes aux flirts, et ma « notoriété » n'arrange rien à l'affaire, bien au contraire. Les tricheurs, les beaux parleurs avides de célébrité ne manquent pas. Chaque fois que je me rends à une soirée, je me pose la même question : « Ce garçon, là-bas, qui me regarde avec insistance, est-ce vraiment moi qui l'intéresse, ou bien Denise Fabre ? » Le plus souvent, je laisse parler mon instinct, et je me trompe rarement. Je ne vis pas comme une carmélite, mais, au fil du temps, je me suis forgé une carapace. Les beaux parleurs n'ont aucune chance de me conquérir. Mon souhait : rencontrer un homme qui partage mes valeurs et mes objectifs profonds, comme fonder une famille…

La venue de maman à Paris a bouleversé ma vie bien plus que je ne l'aurais imaginé au départ. Mon parrain corse avait raison : c'est une sacrée responsabilité. J'ai promis à maman de la protéger, de veiller sur elle. Elle compte sur moi. En l'arrachant à Nice et à sa vie d'avant, je l'ai prise sous mon aile. C'est un peu comme si les rôles s'inversaient. À présent, c'est moi le parent, et elle l'enfant… Le jour où je suis entrée dans la boutique où elle travaillait, j'ai scellé nos destinées. Ce pacte tacite a quelque chose d'un peu effrayant mais, en même temps, il m'encourage à aller de l'avant.

Féministe avant l'heure, je n'ai jamais accepté d'être traitée comme une femme-objet, notamment dans ma vie privée. Dans les années soixante-dix, les speakerines sont souvent considérées comme des poupées qui se contentent de débiter leur texte et de sourire sur commande. Cela ne me fait pas de mal à titre personnel – je ne me sens pas personnellement attaquée par de telles bassesses –, mais je ne supporte pas que les femmes soient considérées comme de simples images, et dévalorisées par des mots aussi stupides que réducteurs.

Alors que je viens tout juste de créer une association destinée à défendre notre métier, le magazine *Marie-Claire* publie un article assassin sur les speakerines : nous sommes comparées à des dames d'Amsterdam – des prostituées, en somme – dont le métier serait d'allécher le client *via* la plus grande vitrine du monde : le petit écran. Outrée, je vais voir mon patron de chaîne, Jean-Louis Guillaud, et nous décidons de déposer une plainte en bonne et due forme. Mes camarades font bloc. Nous sommes décidées à nous défendre jusqu'au bout.

Lors du procès, nos détracteurs ne jugeront pas utile de se présenter, mais nous obtiendrons gain de cause !

Ironie du sort, quelque temps après cet incident, le magazine *Lui*, qui, à l'époque, est un magazine haut de gamme – l'équivalent de *Play Boy*, mais avec un côté intello –, me propose de faire sa couverture, via un photomontage : on met mon visage sur le buste – aguichant, bien sûr – d'une autre, cela, sans doute, pour épargner ma pudeur. L'offre m'amuse… et me flatte, je dois l'avouer, car je ne me suis jamais sentie « jolie ». Maman, elle, était magnifique, à mon âge. Une beauté naturelle et altière qui forçait l'admiration et le respect. Très brune, avec des traits fins et réguliers illuminés par un regard bleu pur, elle attirait tous les regards, mais n'en tirait aucune gloire. Elle n'a jamais joué les coquettes, son cœur ne battant que pour un seul homme : mon père, qui l'a quittée pour une autre. Je n'ai jamais compris son choix…

Je ne prendrai aucune décision sans l'aval de mon patron de chaîne. On m'envoie la photo de ce qui sera, si je l'accepte, ma doublure, et je me rends, document en main, chez Jean-Louis Guillaud. La réaction de ce dernier ne se fait pas attendre. À peine lui ai-je exposé les faits qu'il devient rouge d'indignation : « Denise, comment pouvez-vous imaginer une seule seconde que je puisse vous laisser commettre une telle bêtise ? Je vous préviens, si vous passez outre mon consentement, c'est la porte ! » Je le rassure aussitôt : « Monsieur, je n'ai jamais eu l'intention de leur dire oui… Je voulais juste vous en parler, c'est tout… » Jean-Louis Guillaud me regarde quelques secondes sans rien dire, puis il demande :

« Cette photo, je peux la voir ?

— Oui… Enfin… Ce n'est pas moi, de toute façon… »

Mon patron insiste. Je lui tends la photo, un peu embarrassée, tout de même. Il y jette un rapide coup d'œil, me regarde à nouveau et lâche d'un air songeur : « Superbe ! Vous avez un décolleté superbe, Denise. Pourquoi vous habillez-vous aussi strict ? »

Il n'a jamais voulu croire qu'il s'agissait d'un photomontage et que cette fille – superbe, en effet ! –, sur la photo, n'était qu'une moitié de moi !

Ma vie avec maman suit son cours. Entre elle et moi, c'est comme une évidence. Après tant d'années d'incompréhension, de silences et de non-dits, nous formons désormais une vraie famille. Et que personne ne s'avise de la critiquer ou de me faire remarquer qu'elle a été dure avec moi quand j'étais jeune ! Désormais, je ne veux plus entendre parler de tout ça. Nous vivons le présent au jour le jour. Chaque fois que je le peux, je lui fais profiter des avantages de la notoriété. Voyages, spectacles, dîners, je l'emmène souvent avec moi, consciente qu'elle ne pourra pas toujours me suivre…

*

Au mois de janvier de l'année 1975, l'ORTF fait place à TF1 (où j'officie), Antenne 2 et France 3. Nouvelles chaînes, nouvelles émissions, nouveaux animateurs : c'est une époque de renouveau télévisuel.

Des personnalités bien trempées triomphent sur le petit écran, avec des émissions fortes. Jacques Chancel propose son *Grand Échiquier*, Jacques Martin fait exploser l'audimat avec *Le Petit Rapporteur*, et Bernard Pivot lance *Apostrophes*, la toute première émission littéraire. C'est le moment que choisit le magazine *Télé 7 Jours* pour lancer ses

« 7 d'Or ». Au-delà d'une simple remise de prix, cet événement est destiné à célébrer les émissions les plus prestigieuses du moment et ceux qui, dans la lumière ou dans l'ombre, contribuent à leur réussite. Chaque catégorie se verra décerner un trophée – sorte de sculpture moderne qui ne prendra sa forme définitive que des années plus tard. La cérémonie doit se dérouler à Rio de Janeiro, en présence de nombreuses stars. Quand j'apprends que je fais partie du voyage – en Concorde, s'il vous plaît ! –, je n'en crois pas mes oreilles. Je suis en course pour le 7 d'Or de la meilleure speakerine ! Faire le métier qu'on aime, pouvoir en vivre, c'est déjà un immense privilège, mais une telle marque de reconnaissance m'emplit de bonheur et de fierté. Tout excitée, je me prépare pour le grand jour, avec un seul regret : ne pas pouvoir emmener maman avec moi…

Cette cérémonie des 7 d'Or restera à jamais gravée dans mes souvenirs, tout comme le resteront les gens hors du commun que j'ai eu la chance de rencontrer grâce à mon métier, et les endroits prestigieux que j'ai découverts avec des yeux de petite fille émerveillée. Mon glamour à moi, c'est ça. Quand l'exceptionnel est au rendez-vous, que ce soit à Paris ou à Rio, il n'y a rien d'autre à dire que : Merci la vie !

Le Concorde en est encore à ses tout premiers vols. À l'intérieur, tout respire le luxe, le confort, jusque dans les moindres détails. Mes compagnons de vol se nomment Alain Delon, Mireille Darc, Jacques

Charron, Nicole Courcel, Stellio Lorenzi, Jacques Chancel…

À l'aéroport international de Galeo, un bataillon d'hôtesses et de chauffeurs – parapluie en main, car il tombe des cordes ! – nous attend pour nous emmener à l'hôtel. Chacun prend place dans de somptueuses limousine noires. Durant le trajet qui nous conduit au *Copacabana Palace*, oubliant la fatigue du décalage horaire, je ne perds pas une miette de la ville de Rio que nous traversons, escortés par des motards de police. La beauté fracassante de ce qui ressemble à un immense jardin tropical – moitié mer, moitié montagne, avec, en surplomb la célèbre statue du *Christ rédempteur* – ne me fait pas oublier que le Brésil est un pays de contrastes : d'un côté, l'opulence, de l'autre, une extrême pauvreté, avec des hommes, des femmes, des enfants habillés de haillons, dénutris et déshydratés, qui survivent dans l'indifférence générale.

Nous arrivons au *Copacabana Palace*, un petit bijou dans le plus pur style art déco. Avec sa vue imprenable sur Copacabana, cet hôtel, qui a ouvert ses portes en 1930, compte parmi les palaces les plus prestigieux de Rio. Le temps de prendre possession de notre chambre – une suite, en fait –, et nous repartons aussitôt chez l'un des magnats de la grande chaîne de télévision brésilienne *TV Globo*, également propriétaire du journal *El Globo*, qui donne une réception en notre honneur.

Je retiens mon souffle lorsque nous arrivons devant la propriété de notre hôte. La villa, nichée dans un immense parc à la végétation luxuriante, brille de mille feux. C'est un peu Hollywood au Brésil. Les femmes sont en robe longue, les hommes, en smoking. Pour nous distraire: une école de samba, et des danseuses brésiliennes à la beauté fracassante... Teint doré par le soleil, orchidées piquées dans les cheveux, lourds bijoux en or jaune qui s'entrechoquent à chaque déhanchement, elles font le spectacle à elles seules. Jorge Ben, l'immense star brésilienne, a été convié pour nous apprendre à chanter et à danser sur les rythmes locaux...

Dans cette ambiance irréelle – du moins pour moi, peu habituée à tant de faste –, chacun reçoit son 7 d'Or des mains de Mireille Darc, qui préside la soirée avec, à ses côtés, Jean Diwo, le directeur de *Télé 7 Jours*. Dans la catégorie des meilleurs présentateurs, c'est Roger Gicquel – homme délicieux et si modeste – qui l'emporte, avec son excellent journal télévisé. Quand vient mon tour, je me sens comme une écolière à une remise de prix. Les longs discours, les remerciements à n'en plus finir, ce n'est pas pour moi. On peut exprimer sa gratitude en quelques mots: l'important, c'est que la sincérité soit au rendez-vous. D'une voix émue, je me lance: « J'ai deux familles, et vous êtes l'une d'elles... C'est un honneur pour moi d'être là, ce soir... », etc. Voilà, c'est dit. N'empêche, je n'en reviens toujours pas. Et quand tous les lauréats montent sur scène avec leurs récompenses pour la sacro-sainte photo de presse, je laisse éclater ma joie.

Au bout de cette folle nuit, je rentre à l'hôtel avec Alain Delon et la sublime Mireille Darc, sa compagne d'alors, sculpturale, dans une longue robe blanche dessinée par le créateur Loris Azzaro – en clin d'œil à ce qui, alors, a déjà fait d'elle une star : le célèbre décolleté dans le dos qui dévoilait sa silhouette de sirène. Ne pouvant me permettre de telles extravagances, j'ai opté pour du blanc et du long, moi aussi, mais dans une version nettement plus classique ! Quelques heures plus tôt, quand Alain Delon nous avait vues arriver ensemble dans le hall de l'hôtel, il s'était exclamé, avec sa galanterie habituelle : « Je veux ma blonde *et* ma brune ! » Alain… un gentleman comme on n'en fait plus !

Alors que notre trio descend de la limousine et s'approche de la porte de l'hôtel, une nuée de Brésiliennes, tel un essaim d'abeilles, se précipite sur lui, qui ne boude pas son plaisir. Ignorant la présence de Mireille, ces belles plantes se livrent à tous les excès pour attirer l'attention de leur idole. Certaines veulent même l'entraîner en boîte ! Je regarde Mireille, choquée et un peu triste pour elle. Mais ma compagne reste de marbre. Sans doute en a-t-elle vu d'autres ! « Je vais me coucher, j'ai sommeil », dit-elle simplement à Delon qu'elle plante là, au milieu de toutes ces jeunes beautés. Je la regarde, estomaquée par son cran.

Mireille a la sagesse, l'intelligence et la classe de ces femmes qui aiment sans étouffer et qui ont la sagesse de s'effacer quand il n'y a rien d'autre à faire que d'avoir confiance… Elle avait raison – et le lendemain, au petit déjeuner, elle me racontera qu'Alain, après avoir distribué sourires et autographes, a regagné leur chambre pour la rejoindre, dix minutes plus tard…

*

De retour à Paris, je flotte encore un peu sur mon petit nuage… Le conte de fées brésilien joue les prolongations, les palmiers et le soleil – d'ailleurs rare, au cours de ce week-end inoubliable – en moins. En arrivant chez moi, je montre à maman, non sans fierté, mon beau 7 d'Or, sur lequel est gravée l'inscription : « Denise Fabre – 1975 – Rio ». J'ai des images plein la tête, et, plus que jamais, l'envie de croquer la vie à pleines dents.

Dès le lendemain, je ne boude pas mon plaisir de me voir en couverture des magazines. En plus du palmarès des femmes les plus influentes de France – juste après Simone Weil et Françoise Giroud –, dans lequel continue à me classer *Paris Match*, je figure en bonne place dans un autre hit-parade, celui de *Newsweek*, qui a établi un classement mondial des personnalités féminines télévisées les plus en vue du moment. Toute cette « agitation » autour de ma petite personne me dépasse un peu. Maman, aux anges, prend à cœur de compléter mon *« press book »*. Je mentirais si je disais que cela ne me fait pas plaisir, mais je prends cette déferlante de compliments avec prudence, comme par le passé, consciente de la fragilité de ces instants aussi magiques qu'éphémères. Aujourd'hui, je plais, mais demain, les regards convergeront vers une autre… D'autant que le paysage audiovisuel change à toute vitesse. Les « grandes » n'ont plus les faveurs du public : elles disparaissent peu à peu du petit écran. Je tiens la barre, avec une petite nouvelle qui va vite devenir une amie, la délicieuse et timide Évelyne Dhéliat…

Un coup de téléphone inattendu me remet face à l'essentiel : l'exercice de mon métier ! Jean-Luc Lagardère, alors vice-président délégué d'Europe 1 et PDG de Matra, demande à me rencontrer. Il souhaite me confier un jeu de questions-réponses, *Pile ou Face*, à l'antenne tous les matins – en direct, bien sûr –, entre 11 heures et midi. Il me confiera ensuite la tranche 9 h-11 h au cours de laquelle j'accueillerai, comme je l'ai déjà fait sur France Inter, des personnalités de tous horizons qui font l'actualité du moment. Gérard Klein vient de tout plaquer pour aller rejoindre l'élue de son cœur au Mexique !

J'ai déjà eu l'occasion de rencontrer Jean-Luc Lagardère. Comme bon nombre de speakerines ou de journalistes de télévision, j'ai participé, sous sa houlette, à des remises de prix, et donné le coup d'envoi de matches de foot organisés au profit d'associations caritatives. De l'avis de tous, cet homme est un véritable patron à l'américaine, un maître du *management* qui exige beaucoup de ses collaborateurs, mais donne aussi beaucoup en retour. Malgré ses lourdes responsabilités, il a su rester simple, accessible, et, surtout, très humain. Europe 1 est alors à son image : dynamique et décontractée. Mais Jean-Luc Lagardère est aussi un homme pressé ! Lors de ce premier rendez-vous, je découvre avec stupeur qu'un contrat a déjà été rédigé : je n'ai plus qu'à le signer !

Cette preuve de confiance me réjouit en même temps qu'elle me terrifie. En même temps, ce n'est pas la première fois que je me vois parachutée dans une émission. Je m'en suis toujours sortie, alors pourquoi en irait-il autrement cette fois ? Je viens de cesser ma collaboration avec France Inter, je suis donc libre de rejoindre une autre station, j'accepte ce nouveau défi…

« Défi », c'est le mot qui convient. Dire « oui » à Europe 1, c'est revoir toute mon organisation ! Heureusement, je sais que je peux compter sur maman pour m'épauler. Depuis que je l'ai installée près de moi, elle s'occupe de tout avec une patience et un amour qui m'aident à gérer mon stress, et elle continuera à le faire lorsque je serai mariée, mère de famille… et toujours débordée !

Très vite, on me confie davantage de responsabilités. Je passe d'un jeu à l'autre avec aisance, malgré mon trac. Ce que je préfère, c'est interviewer des personnalités. Je crois manier assez bien l'exercice. Quand elles se sentent en confiance, les stars se livrent beaucoup plus facilement. Il s'agit de ne pas les braquer en leur posant d'emblée des questions trop intimes. Une fois qu'une certaine complicité s'est installée, l'échange se fait naturellement. Et quand je sens une certaine réticence de la part de la personne que j'interroge, je laisse tomber, et aiguille la conversation sur un sujet plus léger. Bien sûr, les auditeurs peuvent poser en direct leurs propres questions à l'invité du jour, mais, là aussi, il s'agit de faire preuve de diplomatie… Il faut contenir certains débordements, apaiser de légères tensions. Ce que je fais entre deux éclats de ce rire qui me sauve de bien des situations…

Jean-Luc apprécie mon travail. Il me laisse une grande liberté sur le choix des invités. C'est ainsi qu'il me vient l'idée de faire venir sur le plateau des hommes politiques… Bien sûr, il ne s'agira pas de discuter « boutique »: je laisse cela à Catherine Nay, brillante journaliste politique en charge des sujets brûlants. J'aimerais apporter ma petite touche personnelle, en redonnant à ces grandes figures une dimension humaine, quelque chose qui les rapprocherait du grand public. Mon concept était simple : on parle de tout, sauf de politique. Ma démarche, certes un peu naïve, va fonctionner au-delà de mes espérances.

J'inaugure ma galerie de portraits avec Georges Marchais. Quand il arrive en me lançant un : « Bonjour, Denise, ça va ? » exactement comme si j'étais une copine de toujours, je jubile : ça marche !

Tous, y compris les plus coriaces, vont se révéler tout à fait charmants, parfois même timides, comme Michel Poniatowski qui rougit, gêné, chaque fois que je lui pose une question un peu trop personnelle. Et pourtant, je me garde bien d'être indiscrète… Aujourd'hui, de plus en plus d'hommes politiques vont, de leur plein gré, se livrer en pâture dans des émissions de radio ou de télévision dites à « haut risque ». Cela m'amuse, car je me rends compte que mes petites questions sans prétention n'auraient plus leur place dans ces échanges qui tournent parfois au psychodrame. Il faut dire aussi que les attentes du public ne sont plus les mêmes. Nous, on voulait avant toute chose s'amuser, en partageant un moment plaisant avec le téléspectateur ou à l'auditeur. Et quand les choses dérapaient, c'était pour le meilleur, rarement pour le pire…

Outre Georges Marchais, Raymond Barre, Jacques Chirac, François Mitterrand et bien d'autres se plient à la règle d'un jeu qui ne risque pas d'égratigner leur image. Au menu : des anecdotes et des confidences, sur fond d'éclats de rire. Chacun trouve son compte, dans cette atmosphère bon enfant.

Au milieu de cette parenthèse radiophonique, j'accorde une mention spéciale à François Mitterrand, homme de cœur doté d'une intelligence et d'une culture impressionnantes. Non seulement il s'est prêté à mon interview avec une courtoisie parfaite, mais il a eu l'élégance, dès le lendemain de l'émission, de m'envoyer une petite lettre, manuscrite, dans laquelle il me disait qu'il espérait avoir pu apporter quelque chose à tous ceux qui nous avaient écoutés.

Le passage de François Mitterrand à Europe 1 – Valéry Giscard d'Estaing est alors président de la République, et lui est le chef du Parti socialiste – restera dans ma mémoire pour une autre raison. La veille, une mission m'a été confiée par Catherine Langeais. Je savais – comme beaucoup de Français – que Catherine et François Mitterrand avaient été fiancés, peu avant la Deuxième Guerre mondiale. Après la détention de Mitterrand en Allemagne, ils s'étaient séparés. J'ignorais que, depuis, une gerbe de roses rouges venait célébrer, chaque année, leurs souvenirs de jeunesse… Oubli ou simple étourderie ? François Mitterrand n'a pas envoyé de fleurs, cette année. En apprenant que je l'attends sur le plateau de mon émission, Catherine vient me demander un service d'un genre particulier : elle souhaite que je demande à François Mitterrand de « réparer » son oubli… Je reste perplexe, face à cette requête inattendue. La grande Catherine, celle qui, des années plus tôt, m'a traitée de jeunette à l'antenne, me demande de jouer les intercesseurs ! Je n'en reviens pas. L'affaire est délicate, mais je ne peux pas refuser. Catherine semble affectée, et cela me touche.

À la fin de l'émission, alors que François Mitterrand a déjà rejoint son équipe et son service de sécurité, je me fraye un passage vers lui. Arrivée à sa hauteur, je lui transmets le plus discrètement possible le « message ». Contre toute attente, M. Mitterrand me sourit et murmure : « C'est la première fois depuis trente ans que j'oublie… Ne lui dites rien, je m'en occupe tout de suite… » Le lendemain, Catherine m'a téléphoné pour me remercier. Je l'ai sentie si heureuse que j'ai feint de n'avoir pas pu transmettre le message…

Après cette émission, je suis restée en contact avec François Mitterrand. Je crois qu'il m'aimait bien. Il prenait de mes nouvelles, m'envoyait des cartes postales, me demandait des conseils pour ses prestations télévisées. De tous les hommes politiques que j'ai côtoyés à l'époque, c'est celui avec qui j'ai gardé les relations les plus amicales…

Mais, malgré ces moments forts, je suis lasse de devoir courir entre les studios d'Europe 1 et ceux de Cognacq-Jay. Je dois aménager des plages de temps pour moi. C'est dans cette idée que je cède ma tranche horaire à Stéphane Collaro et en reprends une autre, moins stressante, qui me permettra de ne plus avoir à me précipiter à Cognacq-Jay avec la peur de rater ma première annonce de 12 h 15 sur TF1. Cette fois, je vais pouvoir souffler un peu…

La bonne personne au bon moment

Ce matin-là, j'ai rendez-vous avec Gaston Lenôtre dans son célèbre restaurant du bois de Boulogne, *Le Pré Catelan*. Ce grand chef, qui a acquis une notoriété mondiale avec son service traiteur et ses buffets grandioses, officiait par exemple lors des fameuses cérémonies que le Shah organisait à Persépolis. Ensemble, nous avons eu l'idée d'une rubrique culinaire grand public dans laquelle il livrerait ses recettes. Je suis très attachée à cette idée de diversité dans les rubriques que je présente. Et puis, la cuisine, c'est aussi un art ! Je me mets rarement aux fourneaux, et c'est évidemment encore plus vrai depuis que j'ai rencontré Francis.

Gaston Lenôtre est réputé pour la finesse de sa cuisine... mais aussi pour sa ponctualité aléatoire. Il arrive enfin, avec une bonne heure de retard, le sourire aux lèvres. En guise d'excuses, il m'annonce qu'il est venu avec son bras droit, Francis Vandenhende, un cuisinier exceptionnel qui va me redonner le sourire en réveillant ma gourmandise. Je les regarde, affligée, et cette première réunion de travail se déroule dans une ambiance glaciale. J'ai l'appétit coupé au moment où nous passons à table. Ostensiblement, je picore, et ne fais aucun commentaire sur la cuisine, pourtant délicieuse. Quand vient le dessert, je prends le prétexte d'une réunion urgente pour les laisser en plan, avec un certain plaisir, je l'avoue…

Une semaine plus tard, je vois débarquer Francis sans son mentor : Gaston Lenôtre, occupé ailleurs, a dépêché son bras droit pour le remplacer, et j'apprends, sidérée, que c'est lui, et non Gaston, qui va animer ma rubrique. Francis m'explique d'un air ravi que son patron voyage beaucoup, en ce moment, et qu'il n'était pas certain de pouvoir assurer toutes les émissions. Je ne peux pas faire machine arrière. Quelques jours plus tôt, j'ai annoncé aux auditeurs cette nouvelle rubrique, qui semble intéresser le public, puisque le standard a déjà reçu de nombreux appels. Francis ne semble pas déstabilisé par ma mauvaise humeur. Il affiche une confiance en lui inébranlable, ce qui achève de m'agacer…

Deux jours avant le lancement de la rubrique, Gaston Lenôtre me téléphone. Francis lui a-t-il fait part de mon peu d'enthousiasme à le voir remplacer, au pied levé, son patron ? Gaston se montre désolé de ce qui n'est pour lui qu'un « incident » sans importance : « Je voulais vous appeler plus tôt, mais j'étais bloqué à l'étranger. Vous verrez, Denise, Francis sera très bien… » Je ne dis rien, mais j'ai du mal à digérer l'affaire.

Le jour dit, avant de prendre l'antenne, j'enfonce le clou. Je demande, d'une voix candide :

« Vous n'avez pas le trac ?

— Euh… non, non, ça va », répond Francis, un peu dérouté tout de même par ma question.

J'insiste.

« Vous êtes sûr ?

— Oui… Enfin…

— Parce que la radio, c'est un métier, vous savez. Il faut soigner son élocution, marquer la ponctuation, maîtriser son souffle, ce n'est pas facile, surtout quand on pense que des milliers de gens vous écoutent. Au moins 2 millions d'auditeurs, pour être plus précise… »

Francis se décompose. Et quand je fais le lancement de la rubrique, il cafouille, se noie, s'excuse, rate sa prestation, et se perd à nouveau dans un flot de désolation une fois l'émission terminée. Il capitulera quelque temps plus tard. À la fin de l'une de ses interventions, il vient vers moi et me dit d'une voix déconfite :

« Je me suis réécouté l'autre jour, et… Enfin, j'ai conscience de ne pas être très bon… Mon entourage n'a pas été très tendre avec moi… Je crois que je pourrais faire mieux si j'avais quelqu'un pour me conseiller. Accepteriez-vous de m'aider ? » Bien entendu, j'ai accepté.

Un jour, il arrive au studio avec une boîte de calmants. Je ne peux m'empêcher d'éclater de rire.

« Qu'est-ce que c'est que ça ?

— Ça m'aide à surmonter le trac… »

Nous nous regardons. À cet instant, notre relation vient de franchir un premier cap…

Au fil du temps, nous nous découvrons des points communs. Nos origines, tout d'abord. Francis a grandi au sein d'une famille modeste, comme moi. Peu doué pour les études, il est entré très tôt dans la vie active. Il s'est « fait tout seul », comme on dit. Sa vie professionnelle, il l'a construite à la force du poignet, sans carnet d'adresses pour l'aider. Son métier, comme le mien, l'a plongé dans un monde privilégié qui n'est pas le sien. En tant que bras droit de Gaston Lenôtre, il côtoie les grands de ce monde, voyage beaucoup et toujours en première classe, mais ne se laisse pas éblouir par les paillettes.

Il sait, comme moi, que tout peut s'arrêter du jour au lendemain. Son discours me plaît. Je me reconnais dans sa façon d'aborder l'existence. Tout nous rapproche : nos valeurs, notre âge, nos goûts, et cette honnêteté que nous voulons garder coûte que coûte, malgré les nombreuses tentations qui s'offrent à nous…

Il m'invite à dîner. Nous parlons, d'égal à égal. Je découvre un homme sensible, doué pour le bonheur, et qui aspire à fonder une famille, comme moi. Je suis prête, désormais, à faire des concessions pour réussir ma vie.

J'ai toujours en tête cette réflexion de Rita Hayworth, actrice magnifique qui avait tout pour elle et qui, pourtant, n'a jamais réussi à trouver le bonheur. Elle disait que le soir, on se mariait avec Rita Hayworth, et que le lendemain, on se réveillait avec Rita Cansino – son vrai nom. À ma modeste échelle, je sais qu'aucun 7 d'Or ne vaut la chaleur d'une vraie famille… Je ne recherche plus un pygmalion, mais un compagnon qui m'acceptera telle que je suis, avec mes qualités et mes défauts, quelqu'un qui aura envie que nous construisions notre histoire *ensemble*.

Francis et moi prenons l'habitude de nous retrouver pour le déjeuner ou le dîner – tôt, car nos journées à tous les deux sont chargées. Nous allons aussi aux parties de chasse qu'organise régulièrement Gaston dans sa maison de campagne. Je déteste la chasse, mais Gaston prend ces week-ends comme prétextes pour réunir ses amis ou inviter de nouvelles connaissances.

*

Plusieurs mois passent. Francis devient chaque semaine meilleur au micro, mais il ne se passe toujours rien entre nous. Un voyage à Miami va me permettre de faire le point : une parenthèse professionnelle à des milliers de kilomètres, c'était ce qu'il me fallait pour tester cette relation naissante. À mon retour, une semaine plus tard, il m'attend à l'aéroport…

Très vite, je le présente à maman. Francis réussit haut la main son examen de passage. Maman est aux anges :

« Il est très bien, ce garçon ! » me dit-elle, sous le charme, après le déjeuner qui nous a réunis tous les trois chez moi.

Son enthousiasme m'intrigue. Que se sont-ils dit en cuisine, pendant que j'étais occupée à dresser la table ? Un sourire illumine son visage :

« Il te plaît vraiment ? Ce garçon a été enfant de chœur ! poursuit-elle d'une voix émue. Te rends-tu compte, Denise ? Il voulait devenir prêtre ! »

Aujourd'hui encore, le doute persiste. Je ne sais toujours pas si Francis a vraiment été enfant de chœur ou s'il a dit ça pour obtenir la « bénédiction » de maman…

J'ai mûri, je suis sûre de moi. Pas question d'attendre davantage. Francis et moi souhaitons nous engager pour la vie et devant Dieu : nous arrêtons une date – le 14 avril 1978. Loin de me faire peur, cet engagement est le symbole de ma certitude. Je suis catholique, pas toujours pratiquante, mais ma foi n'a jamais failli. C'est ce qui compte.

Dans un premier temps, j'exprime à Francis mon souhait de me marier dans ma ville natale, Nice. Mais je me ravise, en prenant conscience que cela risque d'être compliqué, tant pour lui que pour moi : toute sa famille – nombreuse – réside entre la Normandie et Paris et, de mon côté, j'ignore si mes proches pourront faire le déplacement. C'est donc Achille Peretti, mon parrain corse, alors maire de Neuilly, qui célébrera le mariage civil; puis le père Yelli nous unira en l'église de Saint-Ferdinand, dans le XVIIe arrondissement.

Pour le grand jour, j'ai choisi une robe mi-longue, couleur champagne, de chez Chloé. Coiffe et voile seront réalisés par mon ami Jean Barthet, le chapelier attitré de nombreuses stars. Et bien sûr, c'est au Pré-Catelan, chez Gaston Lenôtre, que se dérouleront les festivités. Francis et moi souhaitons un mariage discret, loin du clinquant du show-biz. La réalité sera tout autre…

À la sortie de la mairie, c'est l'émeute. Les photographes se bousculent, tous veulent immortaliser ce moment… Journalistes, gens de la presse et de la télévision, téléspectateurs, simples passants : Francis et moi devons faire face à tout ce petit monde, venu nous témoigner sa sympathie. C'est à la fois réconfortant et un peu stressant, surtout pour Francis, qui n'est pas habitué à ce genre de manifestations. Sur le perron de l'église, règne une telle cohue que le père Yelli rappelle tout le monde à l'ordre : « Un peu de respect, je vous en prie ! Nous ne sommes pas ici sur le plateau d'une émission de télévision, mais dans la maison de Dieu, pour unir deux êtres qui s'aiment ! »

C'est ainsi que je deviens Mme Vandenhende…

Après une soirée très réussie au Pré Catelan, où le tout-Télé et le tout-Médias étaient présents, Francis et moi ne pensons plus qu'à notre voyage de noces. Celui-ci doit se dérouler entre les Antilles et le Maroc. Mais notre joie de nous retrouver bientôt seuls, sous le soleil, avec notre bonheur tout neuf, va tourner court dès le lendemain ! Un coup de téléphone de mon patron de chaîne nous ramène tous les deux sur terre – ou, plus exactement, sur un plateau de télévision, une fois de plus. Il me rappelle que je dois présenter le concours de l'Eurovision… le samedi suivant.

Je ne peux refuser cet énorme challenge qui s'offre à moi. Francis comprend et accepte, car, tout comme moi, c'est un travailleur acharné. Pour en arriver au niveau d'excellence où il se trouve aujourd'hui, il a dû faire bien des sacrifices. Dans son métier comme dans le mien, on ne compte pas ses heures. Il faut savoir saisir les opportunités au moment où elles se présentent, surtout dans le milieu très convoité de la télévision. Présenter un événement comme le concours de l'Eurovision, ça n'arrive pas tous les jours. Francis le sait. Il ne lui viendrait pas à l'idée de me demander de renoncer à ce projet qui, il faut bien le dire, tombe à un moment où nous aimerions pouvoir faire un vrai break et profiter un peu l'un de l'autre. Notre vie commune commence donc sous les feux des projecteurs, du moins pour moi. L'Eurovision, c'est 150 millions de téléspectateurs, et une salle prestigieuse

– en 1978, le *Palais des Congrès*, à Paris – pleine à craquer. Je panique un peu mais, cette fois-ci, j'ai quelqu'un à mes côtés pour me rassurer. Le soutien indéfectible de Francis me donne des ailes.

Je me rappelle cette première rencontre avec ce monstre sacré du petit écran, M. Léon Zitrone : c'était dans l'ascenseur des studios de Cognacq-Jay. Je me souviendrai toujours de la façon dont il m'a dévisagée, ce jour-là. Un regard glacé, qui m'a fait me sentir toute petite. Sans même me dire bonjour, il me lance, de cette voix de stentor qui a fait son succès :

« Vous êtes qui, *vous* ? »

Vexée, je riposte : « Et vous ? »

C'était un peu osé – et risqué ! –, de répondre ainsi à une figure du petit écran mais, ce jour-là, ma spontanéité a, une fois encore, pris le dessus. Je crois que mon impertinence l'a amusé car, par la suite, nos rapports se sont adoucis. J'étais pour lui « la petite dernière »… Comment pourrais-je oublier ses apparitions, *Chez Francis*, la brasserie où se retrouvaient tous les gens de télévision ? Il débarquait avec sa cour, passait commande d'une voix tonitruante. Ses numéros de cabotinage faisaient souvent rire… Les serveurs étaient au garde-à-vous, prêts à se plier au moindre de ses caprices. Cette bête de télévision, capable d'improviser pendant des heures, ne laissait personne indifférent. On l'adulait ou on le détestait.

En 1978, nous nous retrouvons ainsi avec beaucoup de plaisir. C'est la première fois que nous collaborons pour une émission. Léon me prend sous son aile dès la première répétition Et me propose de déjeuner dans une pizzeria non loin de là. À notre arrivée, les serveurs semblent gênés… Je trouve cela un peu étrange, mais je me garde bien de commenter la situation. Je tiens à ce que ma collaboration avec Léon se déroule sans anicroche. Une fois passée la commande, Léon se tourne vers moi et m'annonce, le plus naturellement du monde :

« La dernière fois, ils n'ont pas voulu que je paye, alors j'ai fait un scandale ! Je leur ai dit que nous n'étions pas des mendiants ! J'ai eu raison, n'est-ce pas ? »

Après le déjeuner, le monstre sacré fait de nouveau des siennes. Il réclame un gilet pare-balles pour se protéger d'éventuelles agressions… Une fois n'est pas coutume, il n'obtient pas satisfaction. Me voilà soulagée. Notre apparence est sauvée !

Pour la première fois, le concours de l'Eurovision sera présenté par deux personnes. Travailler en binôme n'est jamais simple… Il faut savoir s'imposer, sans pour autant avoir l'air de tirer la couverture à soi. Présenter un spectacle devant une salle comble, c'est un tel bonheur, une telle récompense, qu'on se doit d'offrir au public une image à la hauteur du spectacle qui l'attend. Pourtant, en ce 23 avril 1978, quelques minutes avant de monter sur scène, je n'en mène pas large : la fermeture éclair de ma superbe robe noire de chez Valentino vient de craquer ! Heureusement, les habilleuses – métier ô combien précieux pour nous, gens du spectacle – trouvent toujours l'idée de génie pour remédier à ce genre de problème. Léon se montre fidèle à lui-même : altier, en verve, la grande classe… Courtois, il me laisse faire la première annonce, en français, puis en anglais. Je m'en sors plutôt bien… C'est alors que M. Zitrone s'avance, majestueux, et commence sa présentation, en six langues, et avec une aisance diabolique ! Léon capte toute l'attention, comme chaque fois qu'il apparaît quelque part. Me voilà réduite à compter les points : *One point, two points*... Néanmoins, je garde le sourire, et celui-ci n'est pas feint, car j'éprouve une joie immense à présenter ce spectacle diffusé dans l'Europe entière. Ce métier m'a appris à relativiser les choses, à ne pas m'emporter bêtement pour des petites questions d'ego. Quand je suis sur scène ou sur un plateau, ne me quitte jamais l'idée que *the show must go on* : le spectacle doit continuer…

Cette vingt-troisième édition du prestigieux concours se conclut de manière inhabituelle : pour la première fois, les jurys des différents pays attribuent la victoire à une nation non européenne, en récompensant Israël pour une chanson au titre aussi énigmatique que séduisant – *Abanibi*, qui signifie « je » en hébreu, prononcé dans un langage enfantin. Après le suspens, la surprise est totale, ce qui ajoute encore au spectacle. Cette inoubliable soirée est couronnée par l'arrivée sur scène de Marie Myriam, venue remettre leur prix aux gagnants et passer ainsi symboliquement le relais : elle-même avait remporté la compétition, l'année précédente, et sa carrière, comme *L'Oiseau* qu'elle avait chanté alors, avait, depuis, pris son envol. Je la retrouverai plus tard sur *Âge tendre*.

*

D'autres joies m'attendent à présent. Et puis, mon mari a lui aussi des projets, et je me dois de l'épauler dans sa vie professionnelle.

Une année après notre mariage, il réalise enfin son rêve de toujours : ouvrir un restaurant. *Le Pré Catelan*, c'est fini. Il s'installe à son compte. Secondé par son frère Régis, et par un ami d'enfance, Gérard, il ouvre son premier restaurant, près de l'Assemblée nationale. Je découvre un autre monde !

Dès que je ne suis pas à l'antenne, je viens donner un coup de main… à l'accueil. Je prends ce nouveau rôle très à cœur. Très vite, le restaurant ne désemplit pas, ce qui crée, du moins au début, quelques malentendus bien compréhensibles. On ne vient pas seulement pour la cuisine délicieuse de Francis, on vient aussi pour me voir. Francis n'en prend pas ombrage, bien au contraire – il est fier de m'avoir à ses côtés – mais, autour de lui, certains émettent des réserves sur ma présence. Plutôt que de me braquer, je joue la carte de la patience. Et peu à peu, je finis par trouver ma place.

Quelques mois après l'ouverture du restaurant, j'attends un enfant. Le bonheur que l'on souhaitait tant nous a été donné rapidement, mais très vite repris, car quelques semaines après, nous devons affronter la déception du bonheur envolé. Je fais une fausse couche. Cette épreuve me fragilise. Je crains de ne pas arriver à concrétiser mon rêve. Francis me rassure autant qu'il le peut. Je mesure ma chance d'être tombée sur un homme solide, qui sait me soutenir et me réconforter dans les moments de détresse. Il trouve toujours le mot juste pour me redonner espoir.

Grâce à Dieu, mon rêve reprend forme peu de temps après ce moment difficile. Mais mon médecin est formel : je devrai rester alitée les six derniers mois de ma grossesse. J'écoute à peine ses mises en garde : je suis prête à n'importe quel sacrifice pour donner naissance à cet enfant que je désire tant. Francis et moi sommes fous de joie. Quant à maman, elle accueille la nouvelle avec une grande émotion. Elle sera une grand-mère parfaite, c'est sûr.

Me rendre à la première échographie me comble de bonheur. Quand le médecin m'apprend que j'attends des jumeaux, j'éclate de rire. Une fille et un garçon ? Deux filles, deux garçons ? Qu'importe, du moment qu'ils sont en bonne santé tous les deux. Vite, je dois prévenir Francis. Me voilà en train de courir dans la rue à la recherche d'une cabine téléphonique. Il est midi, heure délicate, dans la restauration…

« Denise, je t'ai dit mille fois de ne pas m'appeler pendant le service », commence-t-il.

Incapable de me contenir, je laisse exploser ma joie : « Il n'y a pas un bébé, mais deux ! »

Ma grossesse est une grossesse « à risques ». Et la seule façon de mettre toutes les chances de mon côté, c'est de ne pas quitter mon lit – un pari difficile à tenir. Qu'à cela ne tienne, je m'organise.

Je vais ainsi « camper » dans ma chambre pendant les six mois à venir. Je lis, j'écris, je réponds aux nombreuses lettres d'encouragements que je reçois – cette fidélité du public, je ne m'en lasserai jamais –, je téléphone, j'essaie de mener une vie à peu près normale… Le nez sur la balance, je contrôle les grammes que prennent mes bébés ! Par superstition, je n'ai pas dévalisé les boutiques de vêtements pour enfants. Je me rattraperai plus tard !

De temps en temps, l'envie de mettre le nez dehors me démange. Je me raisonne. Le jeu en vaut la chandelle…

Bientôt, j'aurai deux anniversaires à célébrer le 14 avril : celui de mon mariage, et celui de la naissance de mes jumelles, Olivia et Élodie.

À l'hôpital Américain, où j'accouche, c'est l'effervescence. Yves Mourousi, qui présente alors le journal de 13 heures, m'a demandé l'exclusivité des premières images de mon bonheur. Une équipe de TF1 au grand complet – cameramen, journalistes, coiffeur et maquilleur – débarque dans ma chambre, comme si j'étais l'héroïne d'un téléfilm… Je passe outre ma fatigue, car je suis fière et heureuse de partager, en direct, cet instant unique avec tous ceux qui ont suivi mon parcours depuis le début.

Cette double naissance, c'est une grande victoire sur moi-même, et un chamboulement dans ma vie. Désormais, mes filles seront ma priorité. Je ne sais pas quelle maman je vais être, mais ces choses-là se font d'instinct, avec le cœur : on a beau se préparer, lire nombre d'ouvrages théoriques, se nourrir des expériences des autres, se remémorer sa propre enfance, quand arrive ce jour tant attendu, on pose le pied en terrain inconnu. Moment à la fois merveilleux et angoissant.

Jc quitte la radio sans regret, bien décidée à ne plus cumuler les activités. Mon métier de speakerine me comble, et j'adore jouer les hôtesses dans le restaurant de mon époux.

Après avoir « tout donné » pour mener à bien ce combat pour la vie, je me sens vidée. Le *baby blues* me rattrape, au moment où je m'y attends le moins. Je suis heureuse – ô combien ! –, et pourtant, j'ai tout le temps envie de pleurer. Je ne comprends pas ce qui m'arrive. Francis et maman m'entourent de tout leur amour, mais ça ne suffit pas. Je m'effondre pour un oui ou pour un non, dépassée par la situation. Maman s'est investie à fond dans son nouveau rôle, Francis est un père moderne qui me donne un coup de main dès qu'il le peut, rien n'y fait, je me sens débordée, incapable de faire face.

En septembre, je décide de reprendre le chemin des studios. Cette décision est prématurée : je n'arrive même plus à sourire à l'antenne, submergée par la culpabilité d'être séparée de mes anges, ne serait-ce qu'un court instant.

À l'écran, je suis Denise Fabre ; dans la vie de tous les jours, je suis une femme comme les autres, qui tente, comme elle le peut, de tout concilier : son rôle de mère, son métier, sa vie de femme…

Un jour, ma chef de service vient me voir et me dit : « Denise, il faut vous ressaisir, votre mal-être commence à se voir à l'antenne… » Ces mots ont-ils été un déclic ? Le fait est que je remonte la pente.

Francis et moi faisons baptiser nos jumelles par le prêtre qui a célébré notre union, le père Yelli. Nous choisissons avec soin les parrains et marraines de nos deux filles. Francis, élevé lui aussi dans la religion catholique, accorde de l'importance à cet engagement solennel. Nous réfléchissons ensemble, et nous mettons d'accord sur ceux qui vont accompagner nos jumelles tout au long de leur existence.

Je tiens beaucoup à ce que Michel Drucker soit le parrain de l'une d'elles. Né sous le signe de la Vierge, comme moi, Michel est un battant, un homme de parole et de cœur comme je les aime. J'admire la façon dont il fait son métier, et la grande humilité qu'il a su conserver, dans un milieu où il est si facile de se prendre pour le roi du monde. Nous avons débuté ensemble, affronté les mêmes difficultés, les mêmes moments de découragement. Je me suis toujours dit que si je devais disparaître prématurément, j'aimerais que quelqu'un de ce métier raconte à mes filles mon parcours, le courage et la persévérance qu'il faut pour réussir. Michel a accepté avec joie de devenir le parrain d'Élodie. Je sais qu'il ne s'engage pas à la légère. Et les années me le confirmeront. Un jour, je l'entendrai expliquer à sa filleule, avec des mots simples et beaucoup d'émotion, comment nous avons vécu ce tourbillon de la notoriété.

« Tu vois, Élodie, tu prends une échelle, et tu poses le pied sur le premier barreau… Toi, tu es tout en bas, tu t'accroches très fort, et tu montes tout doucement, tu grimpes, sans t'occuper de ce qui se passe à côté. C'est comme dans le jeu d'*Intervilles*, il y a des gens qui tombent, qui n'en peuvent plus, qui lâchent prise. Et toi, tu continues, à ton rythme, sans te laisser distraire ou déstabiliser par quoi que ce soit. Voilà ce que nous avons vécu, ta maman et moi… »

C'était une très jolie métaphore, venant de quelqu'un qui, comme moi, est un enfant du trac, du doute.

En ce qui concerne Évelyne Dheliat, la marraine d'Olivia, j'ai suivi son parcours avec beaucoup de tendresse – d'admiration, aussi, car elle a très bien su se reconvertir après la disparition des speakerines. Je sais que le public aime sa fraîcheur et sa simplicité. Quand Francis a ouvert son restaurant, elle a pris l'habitude de venir déjeuner avec sa famille. Comme Michel, elle sera toujours présente pour sa filleule. Francis choisira son meilleur ami, Robert Linxe, génial créateur de la fameuse *Maison du Chocolat*, comme parrain d'Olivia, et c'est un membre de ma famille qui viendra compléter le quatuor.

*

Nos « années bonheur » défilent à toute vitesse… J'en profite d'autant plus que je connais la fragilité de ces instants, arrachés à une vie qui peut, parfois, se montrer bien cruelle.

Je vole d'un rôle à l'autre, portée par mon amour pour ma famille et par l'enthousiasme de mon époux, dont l'esprit fourmille de projets. Il ouvre un deuxième restaurant, puis une pâtisserie, s'essaie au journalisme avec une rubrique culinaire, que nous tenons conjointement dans *Télé Poche* et qui durera vingt ans, revient à la télévision, sur TF1 – où j'officie toujours –, pour co-animer avec moi une émission intitulée: *Chéri, qu'est-ce qu'on mange aujourd'hui?* Toujours ensemble, nous ouvrons *La Petite Niçoise*, un restaurant « comme à la maison » qui affiche une carte cent pour cent niçoise, avec des plats méditerranéens cuisinés à l'ancienne. Et, cette fois, maman met la main à la pâte ! Elle nous fait profiter de son savoir-faire culinaire, en nous livrant le secret de ses recettes « fait maison ». Et ça marche ! Les amoureux du Sud ne résistent pas à la tentation de venir déguster des petits farcis ou une pissaladière, le tout dans une ambiance bon enfant. Voir des Rolls et autres berlines de luxe stationner devant l'entrée de ce lieu tout simple nous amuse beaucoup, Francis et moi…

Le trait d'union de ces folles aventures reste le premier restaurant qu'a ouvert mon époux, et qui ne désemplit pas. Un cadre simple, sans artifices, une cuisine raffinée et une bonne dose de chaleur humaine suffisent à faire venir les plus grands… De Michel Drucker et son adorable épouse, Dany Saval, à François Mitterrand – le Président vient souvent dîner en sortant de l'Assemblée nationale –, en passant par Julio Iglesias, Johnny Hallyday ou Elton John, chacun a ses petites habitudes. Je crois que Francis et moi avons réussi à créer une atmosphère chaleureuse et discrète, où chacun se sent libre d'être lui-même.

Le bouche-à-oreille fait son travail, tant dans le show-biz que dans la jet-set. Ainsi, nous voyons débarquer incognito – enfin, presque, si l'on « oublie » l'armada de gardes du corps dépêchée pour l'occasion – Jimmy Carter, le roi de Belgique, le prince Albert, une princesse saoudienne avec sa cour… Tous se montrent charmants, tellement loin de l'image un peu glacée que l'on peut avoir des gens de pouvoir…

Francis et moi prenons l'habitude d'organiser des dîners où nous réunissons des politiques ou des gens du spectacle. Je me souviens avec bonheur d'un déjeuner de *Thanksgiving* – très importante fête religieuse américaine, où chacun rend grâce à Dieu pour sa bonté – que j'avais mis sur pied avec Yves Mourousi. De nombreuses personnalités américaines vivant à Paris, dont l'ambassadeur des États-Unis, avaient répondu présentes. À la suite de ce déjeuner, j'ai reçu un courrier de la Maison Blanche : le président Reagan – alors au pouvoir – me remerciait chaleureusement d'avoir mis son pays à l'honneur !

Cette période, très gaie et très féconde d'un point de vue relationnel, est troublée par l'apparition sur le devant de la scène d'un phénomène nommé Thierry Le Luron… Je dis « troublée », car je dois avouer qu'avant de devenir amis, nous avons traversé tous les deux une période un peu difficile. Je n'appréciais guère ses imitations – assez osées, pour l'époque –, et redoutais le moment où il me choisirait pour cible. Ce qui n'a pas tardé. Un jour, je deviens sa tête de Turc, sur Europe 1.

Le lendemain, mon patron de chaîne, qui, ce jour-là, écoutait la radio dans sa voiture, me téléphone :

« Denise, vous représentez notre chaîne, quoi que vous fassiez à l'extérieur, me dit-il d'une voix où perce un certain agacement. Je vous ai écoutée hier sur Europe, je ne comprends pas ce que vous cherchez en vous livrant à ce genre d'exercice ! »

J'ai eu bien du mal à le convaincre qu'il ne s'agissait pas de moi ! Si je passe l'éponge sur l'incident, il n'en a pas été de même au moment de la naissance de mes jumelles. Sur les ondes et sur scène, Thierry se déchaîne… Lorsque je vois le sketch qu'il m'a concocté en guise de cadeau de naissance, je me fâche. J'ai choisi ce métier, j'assume tout. Mais on ne touche pas à mes enfants.

« Je ne peux imiter que les gens que j'aime, me dit Thierry pour sa défense, et toi, je t'aime fort, donc, c'est sur toi que je travaille en ce moment… »

Ce qui semblait logique pour lui ne l'était pas pour moi ! Puis notre relation s'est apaisée. Thierry avait un talent fou et une vraie générosité. C'était le contraire d'un tricheur. Il égratignait les gens sur scène, mais, dans la vie, il se montrait attachant et généreux. En fin de compte, se retrouver dans sa galerie de portraits était assez flatteur. « Il y a des gens qui paieraient, pour ça ! » me disait souvent Thierry. Aujourd'hui, le phénomène continue, avec les célèbres marionnettes des Guignols de Canal. Chacun feint de se plaindre d'être ainsi épinglé, mais ne dit-on pas qu'il n'y a rien de pire que l'indifférence ?

Oui, c'est le bonheur. Pourvu qu'il ne se sauve pas trop vite…

MAMAN

Sans elle, sans sa présence discrète et efficace, comment aurions-nous fait, Francis et moi, pour continuer à mener nos vies de saltimbanques ? Son énergie d'alors me fascine. Beaucoup de femmes auraient capitulé. Mais pas maman. Pas un jour ne s'écoule sans que je me demande : « Mais comment fait-elle ? Quel est son secret ? » Ses journées ressemblent à celles d'un chef d'entreprise. Tôt levée, tard couchée, elle mène *notre* barque avec une joie communicative.

Maman veille à ce que Francis et moi puissions partir travailler l'esprit tranquille. Le soir, elle nous attend. Puis s'éclipse discrètement pour que nous puissions dîner en tête-à-tête. Il est tard, très tard parfois. Les filles sont déjà couchées. Mais quelle que soit l'heure à laquelle nous rentrons, nous allons les embrasser. Nous voulons qu'elles sentent que leur maman et leur papa sont là, dans leur foyer, avec elles.

Quand je vois la vie insensée que mènent aujourd'hui les femmes qui cumulent responsabilités professionnelles et vie de famille, je mesure la chance que j'ai eue. Encore une fois, sans *elle*, rien n'aurait été possible. Toutes nos tensions d'autrefois ont été définitivement soldées. Malgré cela, je continue à avoir du mal à aborder certaines périodes de ma vie. Le Bon-Pasteur, la pension, toutes ces injustices dont j'ai été victime… J'ai pardonné, mais je n'oublie rien, et parfois, sans raison apparente, ce mauvais film défile devant mes yeux…

En 1989, Patrick Sabatier m'invite à participer à son émission *Avis de recherche*. Connaissant le concept de l'émission – on retrace le parcours d'une personnalité, à travers les témoignages de ceux et celles qui l'ont connue tout au long de sa vie, et notamment dans sa petite enfance –, je m'attends à ce que l'émotion soit au rendez-vous. Je sais que tous mes proches seront présents, y compris maman. J'aurais dû me douter qu'en bon professionnel, Patrick irait fouiller loin dans mon passé… Si j'avais su ce qui allait se passer, en direct, à une heure de grande écoute – son émission connaît un immense succès –, j'aurais décliné l'invitation.

Trop tard, me voilà devant le fait accompli, le cœur battant. Dans la salle, sont présents tous les gens que j'aime. Les yeux du public sont braqués sur moi, le rouge de la caméra s'allume… Le moment est intense. Patrick entre tout de suite dans le « vif » du sujet, en projetant sur un écran géant des photos de mes parents jeunes et de moi, bébé, puis enfant. Mon regard, embué de larmes, se pose sur maman, qui est assise au milieu du public, Olivia et Élodie à ses côtés. Elle semble sereine. Elle sourit, mais ne me regarde pas, sans doute pour ne pas me déstabiliser. Patrick commente les photos, chacun retient son souffle. Paralysée par le trac et l'émotion, je me demande si j'ai des raisons de m'inquiéter.

À vrai dire, je flotte un peu. J'ignore où va m'emmener Sabatier, mais j'ai bien du mal à ne pas m'effondrer à mesure que les images défilent sur l'écran. Une photo de mes parents, ensemble, se tenant par la main, me plonge dans une détresse inimaginable. Je fonds en larmes, incapable de me contenir. On coupe… L'émission se déroule dans ce qu'on appelle un « semi-direct ». Le réalisateur peut, à tout moment, interrompre le tournage, reprendre. Après un bref raccord maquillage, le tournage se poursuit. En milieu d'émission, Patrick dévoile mon passage au Bon-Pasteur… Tétanisée, je regarde à nouveau maman, persuadée qu'elle va manifester de la gêne à l'évocation de cette décision qu'elle a prise pour mon bien – je le sais aujourd'hui –, mais sans en mesurer vraiment les conséquences. Contre toute attente, elle reste imperturbable jusqu'au bout…

À la fin de l'émission, Francis me rejoint et nous emmène, maman, les petites et moi, dîner dans son restaurant où nous rejoignons les amis que Patrick Sabatier a réunis pour l'occasion. L'ambiance est un peu tendue. J'ai peur que maman culpabilise ou éprouve des remords. C'est de notre vie à toutes les deux qu'il a été question. Sans lui demander son avis, on a levé le voile sur des choses qu'elle désirait garder secrètes. *Surtout, ne dis à personne que tu as été au Bon-Pasteur...* Sa voix résonne dans ma tête, comme si ces mots avaient été prononcés la veille...

Tout à coup, maman me regarde droit dans les yeux et me dit, avec un naturel déconcertant : « Tu vois, j'ai bien fait... Regarde ce que tu es devenue... » Dans son regard, brille une lueur de fierté. J'ai à la fois envie de rire et de pleurer. Cette phrase qu'elle vient de prononcer est un cadeau inestimable.

Francis débouche une bouteille de champagne. Je lève mon verre vers maman et lui dis : « Tu as raison, maman... »

*

Le début des années quatre-vingt-dix annonce une période de transition, pas très confortable à vivre, je dois l'avouer. Le temps des speakerines est bel et bien révolu. Il est temps de penser à une reconversion. Un contrat d'exclusivité me lie à TF1, pour laquelle je fais un peu de relations publiques : défendre l'image de la chaîne en Europe. Certes, je fais quelques beaux voyages, mais je m'ennuie un peu. Je cherche un déclic, un signe... comme dans le passé.

Nouveau coup de pouce du destin : après quelques mois chaotiques où je me cherche, je suis sollicitée pour un véritable retour aux sources – la principauté de Monaco, où j'ai déjà vécu tant de moments inoubliables…

Télé Monte-Carlo vient en effet d'être reprise par Michel Toulouze, un des dirigeants de Canal +. Il me propose *Boléro*, un très joli concept, sorte de *talk-show* réunissant des personnalités autour d'un thème universel : l'amour, décliné sous toutes ses formes… L'idée me séduit. Je vais pouvoir enfin laisser ma créativité et mon imagination s'exprimer, car cette émission sera la mienne. Mais avant de me lancer dans cette nouvelle aventure, je dois d'abord obtenir l'accord d'Étienne Mougeotte, le grand patron de TF1. Ledit aval arrive par écrit, *in extremis*, alors que les négociations sont engagées avec TMC… Après trente ans de bon et loyaux services, je quitte TF1. Les adieux sont déchirants.

Trente ans, c'est toute une vie. Quand je songe à mon parcours dans cette maison, j'ai le vertige. J'étais si jeune, si inexpérimentée… Je me suis pourtant investie sans compter, consciente du défi que cela représentait. Aujourd'hui, le moment est venu de quitter mon port d'attache. C'est douloureux, même si je sais déjà que *Boléro* va combler mes aspirations.

Ne souhaitant pas m'enliser dans des regrets ou des atermoiements inutiles, je fonce dans la préparation de *mon* émission. Aidée par une équipe que j'ai constituée avec le plus grand soin, je mets sur pied le premier numéro d'une série qui va connaître un grand succès.

Les personnalités les plus diverses du show-biz, de la politique et du cinéma viennent sur le plateau. Cerise sur le gâteau : j'ai obtenu de Michel Toulouze l'autorisation de tourner sur la Côte d'Azur ! En effet, il me semblait logique d'offrir à mes hôtes prestigieux un cadre de rêve… Une fois par mois, je pose mes valises pour quelques jours à l'Hermitage ou à l'hôtel de Paris, deux palaces à la renommée internationale. Malgré un emploi du temps minuté, je trouve le temps de savourer ces moments précieux.

Cette émission va me faire vivre des rencontres riches et intenses : Joan Collins, Roger Moore, Nadine de Rothschild, Inès de la Fressange, Alain Delon… tous acceptent, sans langue de bois, de lever un coin du voile de leur intimité, avec un plaisir qui m'étonne et me touche à chaque fois.

Parfois, mon mari et mes filles viennent me rejoindre à Monaco, pour ma plus grande joie. Lors d'un tournage avec Julio Iglesias, ma petite famille est présente sur le plateau. À la fin de l'émission, Julio, en redoutable perfectionniste, souhaite revoir les images avant leur diffusion. Comme il veut se changer avant d'aller visionner le montage provisoire de l'émission, nous l'accompagnons à l'hôtel de Paris.

Dans le hall, une beauté blonde surgit au détour d'un couloir et se jette sur Julio :

« Écoutez, Julio, lui dit-il d'une voix décidée, vous êtes l'homme de ma vie ! Vous n'avez qu'un mot à dire, et je quitte tout pour vous ! Mon fiancé m'attend, là, devant l'hôtel, mais je vous le répète, un seul mot de votre part et je le laisse tomber… »

Imperturbable, Julio la regarde, lui tapote gentiment la joue et laisse tomber d'une voix navrée : « Votre proposition me touche, mais je vais vous dire : je n'en vaux vraiment pas la peine ! »

À la fin de la première saison de *Boléro*, j'ai l'immense honneur de recevoir, en exclusivité pour TMC, le prince Albert. Depuis des mois, je travaille d'arrache-pied avec mon équipe pour trouver une date susceptible de convenir à l'emploi du temps chargé du fils de la princesse Grace. Pour l'avoir croisé à plusieurs reprises lors de manifestations officielles, je sais déjà que c'est un homme d'une gentillesse et d'une simplicité incroyables. Le prince Albert est un homme authentique, avec des valeurs très fortes, et une sincérité jamais prise en défaut.

Le recevoir dans mon émission, c'est une façon pour moi d'honorer la Principauté, et cette famille princière qui continue de faire rêver des millions de gens. La famille Grimaldi est à l'origine de nombreuses manifestations caritatives, dîners et spectacles prestigieux ou ventes aux enchères qui remportent, chaque année, un franc succès. Les Monégasques sont des gens généreux, toujours prêts à apporter leur contribution – même modeste – quand il s'agit de soutenir ce Rocher auquel ils sont tant attachés. Nombre d'entre eux – je pense plus particulièrement à Michel Pastor et à sa femme, Catherine, que j'apprécie beaucoup – se montrent d'une rare générosité quand il s'agit de récolter des fonds pour aider la recherche médicale ou les associations d'aide à l'enfance.

Contre toute attente, le prince Albert se livre, et je sais combien cela est difficile pour lui, si peu enclin à s'épancher… Son enfance, son éducation, sa mère à qui il voue encore aujourd'hui une admiration et un respect sans limites, son désir d'accomplir le mieux possible la lourde tâche que lui a léguée le prince Rainier… il me parle sur le ton de la confidence, au gré d'une simple balade dans les jardins de la maison d'un ami, lieu qu'il a choisi pour m'accorder cette interview. Ce moment figurera parmi les plus émouvants.

En 2001, je reçois mon deuxième 7 d'Or. Cette joie, immense, est ternie par une succession de mauvaises nouvelles concernant l'état de santé de maman.

Accaparée par *Boléro*, je fais face avec courage. Et du courage, il en faut, car je suis dévastée par le chagrin face à la lente dégradation physique de celle qui, un jour, fut une magnifique jeune fille prénommée Louise.

Bien sûr, la vieillesse des parents, puis leur « départ » – j'ai toujours un peu de mal à prononcer le mot « mort » –, sont dans l'ordre des choses. On le sait, on le vit au quotidien. Passé le cap des quatre-vingts ans, chaque jour qui passe compte double.

On se prépare, on se raisonne. Mais, le jour venu, on s'effondre. C'est trop tôt. C'est toujours trop tôt.

Quand les choses ont commencé à devenir vraiment difficiles, j'ai chamboulé, en accord avec Francis, toute notre organisation. Quelques années plus tôt, mon époux et moi avions décidé d'acheter deux studios pour nos filles – chacune le sien –, pour le jour où elles souhaiteraient quitter le nid… Cela aussi, c'était dans l'ordre des choses… Par chance, deux studios se libéraient dans notre immeuble. Olivia et Élodie n'auraient pas à aller très loin pour nous faire un petit « coucou »… Quand maman a commencé à décliner, nous l'avons installée près de nous, dans l'un des studios. Passé un certain âge, le moindre changement vous plonge dans un état de panique. Un rien vous affole. Vous perdez vos repères. Maman a eu bien du mal à accepter de quitter le petit appartement qu'elle occupait à deux rues du nôtre, mais il était impossible de faire autrement. L'avoir tout près me permettait de mieux veiller sur elle. Il n'était pas question de mettre maman en maison de retraite. L'idée ne m'a même jamais traversé l'esprit. Je ne l'avais pas arrachée à sa vie d'avant pour l'abandonner une fois que sa santé commencerait à décliner…

Toute la famille a fait bloc autour de moi. Les « petites », devenues « grandes », adoraient leur grand-mère, qui le leur rendait bien. Il était naturel pour elles de la soutenir jusqu'au bout… Quant à Francis, il venait de perdre ses parents dans des conditions difficiles. Cela nous a encore rapprochés. Se serrer les coudes, dans ces moments-là, c'est la seule solution, pour ne pas s'écrouler.

Entre deux répétitions de *Boléro* – l'émission marche si bien que nous passons à deux émissions par mois au lieu d'une –, je m'occupe de maman comme on le fait d'un enfant. Je l'exhorte à se battre, à ne pas laisser la maladie prendre le dessus. Je cache du mieux que je peux le doute qui me ronge, jour et nuit. Je ne dors plus, et continue à lui montrer un visage à peu près serein… Sans mon travail, sans mon mari et mes filles, je me serais effondrée depuis longtemps, je le sais.

D'hôpitaux en cliniques, de généralistes en spécialistes, je tente tout, avec une foi inébranlable. Oui, ma foi m'aide et s'est consolidée, tout au long de ce combat que nous avons mené. Alors, je prie, je demande à Dieu qu'il me laisse maman encore un peu, et, dès que je sens un léger mieux, je reprends espoir. Je vais mettre un cierge à Sainte-Thérèse-de-Lisieux. Mais le lendemain, tout s'effondre à nouveau. Les médecins sont pessimistes. « Je fais ce que je peux, m'annonce le spécialiste qui est aussi notre médecin traitant, mais pour les miracles, il faut s'adresser là-haut… », ajoute-t-il en pointant le doigt vers le ciel.

Les opérations se succèdent… Maman s'affaiblit de jour en jour. Après une attaque cérébrale, le diagnostic médical est sans appel : « C'est une question de jours… »

Pourtant, je refuse de baisser les bras.

Un jour, une de mes filles me dit : « Maman, elle n'en peut plus… Il faut la laisser partir… » Cette remarque me dévaste. Mes filles ont raison. Vouloir à tout prix prolonger la vie de quelqu'un tourne vite à l'acharnement thérapeutique. Les regards désespérés ou découragés de certains malades en « phase terminale » me hantent encore aujourd'hui. Ce n'est pas ce que je veux pour maman…

Le samedi précédant sa mort, je suis à Nice avec mon mari. Je dois régler les détails d'un prochain tournage de *Boléro*. Le soir, nous sommes invités à dîner chez des amis. Francis et moi nous apprêtons à partir, quand soudain, la sonnerie du téléphone retentit. Je ressens à cet instant un sourd malaise, qui s'accroît lorsqu'on m'apprend que maman est au plus mal. Le ciel devient soudain menaçant. Plusieurs bandes d'étourneaux, qui semblent surgis de nulle part, commencent à quadriller le ciel dans un bruit effrayant. Ils volent tellement bas que j'ai l'impression d'être dans un film d'Hitchcock…

Sur l'instant, je n'ai pas interprété cette étrange apparition – pourtant, comme beaucoup d'artistes ou de personnalités du monde du spectacle, je suis assez superstitieuse. Aujourd'hui, je pense que la mort venait de me prévenir…

À présent, je n'ai qu'une seule envie : Je décide de prendre le premier avion pour Paris, et de ne plus quitter maman.

Je craignais qu'elle ait peur de cette fraction de seconde où l'on bascule dans l'Autre Monde, le royaume de Dieu… Qui peut se vanter de ne pas craindre ce moment ? Quelques jours après mon retour précipité, maman est tombée dans le coma. Et, jusqu'aux derniers instants, nous avons été à ses côtés, nuit et jour, nous avons partagé les silences douloureux, la peine et parfois même la colère face à l'irréversible.

Quelques heures avant qu'elle nous quitte, je lui ai ôté son alliance, que je porte aujourd'hui. Maman était restée mariée à mon père, cet homme qu'elle avait passionnément aimé et qui lui avait donné deux enfants : moi, et ce petit garçon parti trop tôt rejoindre les anges…

Le jour des funérailles, une des personnes présentes à la cérémonie religieuse a lu un texte qui m'a bouleversée. C'est en faisant des recherches pour les photos qui devaient figurer dans le livre dont je venais de commencer l'écriture, que j'ai retrouvé ces quelques lignes…

J'ignore d'où provient ce texte, et je n'arrive plus à mettre un visage sur celui qui a l'a lu, ce jour-là, à l'église, mais je souhaite le partager avec tous ceux qui ont perdu ou sont sur le point de perdre un être cher…

Lorsque je l'ai relu, l'émotion m'a submergée à nouveau – pas un jour ne s'écoule sans que je pense à *elle*… Mais ce texte a aussi ravivé ma certitude qu'au-delà du vide et de la douleur que créent l'absence, il existe un chemin de lumière. C'est à nous de le trouver et de faire en sorte que cette conviction nous apaise et nous donne le courage de continuer malgré tout…

La mort n'est rien…
Je suis seulement dans la pièce d'à côté.
Je suis moi, tu es toi.
Ce que nous étions l'un pour l'autre, nous le sommes toujours.
Donne-moi le nom que tu m'as toujours donné.
Parle-moi comme tu l'as toujours fait.
N'emploie pas un ton différent.
Ne prends pas un air solennel ou triste.
Continue à rire de ce qui nous faisait rire ensemble.
Prie, souris, pense à moi.
Prie avec moi.
Que mon nom soit prononcé à la maison comme il a toujours été, sans emphase d'aucune sorte, sans une trace d'ombre.
La vie signifie tout ce qu'elle a toujours signifié.
Elle est ce qu'elle a toujours été : le fil n'est pas coupé ;
Pourquoi serais-je hors de ta pensée ?

Simplement parce que je suis hors de ta vue ?
Je ne suis pas loin…
Juste de l'autre côté du chemin…
Tu vois, tout est bien…

Folle semaine

Après le départ de maman, le 22 janvier 2003, je n'ai plus goût à rien. Je sais que pour avoir la force de surmonter un deuil, certains s'étourdissent de travail. Moi j'en suis incapable.

Travailler m'a aidée tant que je croyais que maman resterait auprès de moi encore un peu. M'occuper d'elle me rendait heureuse. Et Dieu, que je priais chaque jour, m'insufflait du courage quand je tombais de fatigue. Aujourd'hui, je me sens désemparée. Pourtant, je ne manque pas d'amour, loin de là ! J'ai un mari qui m'adore et deux filles qui me comblent au-delà de ce que je pouvais espérer. Toutes deux ont pris des chemins différents, loin des plateaux de télévision. Élodie est avocate. Olivia, chef de projet Internet, a tenu à « faire un clin d'œil à maman », selon son expression : ayant appris que la chaîne W9 recrutait des animatrices, elle s'est inscrite au casting sous un pseudonyme – à ma plus grande inquiétude. Je ne voulais pas la voir souffrir ou s'illusionner quant à un hypothétique avenir dans l'audiovisuel. Or, à ma grande fierté, elle a figuré parmi les toutes dernières candidates retenues – comme moi, autrefois ! – et, à mon grand soulagement, elle s'est retirée de la compétition !

Pour surmonter le départ de maman et combler ce vide immense, il me fallait canaliser mes émotions : écrire me le permet. C'est une bonne thérapie pour exorciser ses doutes et ses angoisses. Je me suis donc attelée à la rédaction d'un livre. Dès que j'ai un moment de libre, je m'installe devant mon ordinateur, parfois jusque très tard dans la nuit… Je ne me censure pas, je laisse mon cœur me guider. Dans ces instants intimes où je livre une partie de moi-même, je sens la présence de maman à mes côtés. Je lui parle, elle me guide, me soutient, comme elle l'a toujours fait… *Vivre aux éclats* paraîtra en 2004, aux éditions Michel Lafon.

Plus que jamais consciente de la fragilité de l'existence, je m'occupe beaucoup de ma famille. Sans elle, je serais perdue. J'ai besoin de ces repères du quotidien pour pouvoir continuer mon chemin. D'autant que je rencontre des problèmes avec *Boléro*…

L'émission marche bien, mais dans ce métier, personne n'est propriétaire de son poste. Certains changements s'avèrent douloureux, abrupts… Cette règle du jeu, je l'ai admise dès mes débuts. Quand j'apprends que TMC souhaite « renouveler » son équipe, c'est à peine si je réagis. La mort de maman m'a fragilisée. Je n'ai pas les armes pour me battre. Et si certains me conseillent de prendre un avocat – je suis encore sous contrat –, je ne peux me résoudre à me lancer dans une bataille juridique. Je déteste les conflits, les affrontements, surtout dans cette période déjà difficile. Dépenser de l'énergie juste pour flatter son petit ego, voilà une chose que je ne sais pas faire. Le départ de maman m'a fait grandir encore un peu... Plus que jamais, je relativise les choses.

J'adore ce que je fais. Pour l'heure, ma famille est mon bâton de pèlerin, et me pousse à soulever les montagnes, à me dépasser, encore et toujours. Malgré la déception de perdre *Boléro*, je décide de me reprendre, de réfléchir à la suite.

Michel Drucker avait décidé, depuis un bon moment déjà, de me consacrer un *Vivement dimanche*. Nous profitons de la sortie du livre pour fixer une date. Tous mes proches acceptent d'être présents.

Michel a l'art d'instaurer une ambiance chaleureuse et décontractée sur ses plateaux. Il sait aussi s'effacer devant son invité, afin de mieux le mettre en valeur. Avec lui, on sait d'avance que l'émotion sera au rendez-vous. Il n'y aura ni question-piège ni silences gênés, juste du bonheur. Je garde un souvenir ébloui des personnalités invitées ce jour-là: Gérard Depardieu, Dany Brillant... Je ne pouvais rêver mieux, pour m'accompagner tout au long de cette journée.

Dans le milieu de la télévision, ce n'est un secret pour personne : le week-end, tous les patrons de chaîne ont les yeux rivés sur les programmes. Les leurs et ceux de la concurrence. Le lundi matin, Michel m'appelle : « Denise, l'émission a été un succès ! m'annonce-t-il d'une voix ravie. Le public, encore et toujours…

Après la mort de ma mère, j'ai également eu bien du mal à retourner à Nice sans être aussitôt submergée par le chagrin et la nostalgie… Encore aujourd'hui, certaines portes sont douloureuses à pousser, tant elles sont marquées par son empreinte. Mais la vie continue, et mon amour inconditionnel pour ma ville reste intact.

Ma ville, justement…

Je n'oublie rien… Même si mon parcours professionnel m'a conduite dans la capitale, j'ai conservé intactes toutes mes amitiés, sans doute à cause de ces racines provinciales, dont je suis fière. On se perd de vue, on se retrouve, rien n'a changé.

À l'époque où je fréquentais les studios de la Victorine et ma bande d'amis – Moretti et les autres –, j'ai rencontré d'autres grands personnages. L'un d'entre eux était Jacques Médecin. Son père était alors maire de Nice. Rapidement, Jacques a décidé de quitter son poste de journaliste à *Nice-Matin* pour marcher sur les traces de son père.

Nous avons assez vite sympathisé. Je le considérais un peu comme un ami. Il nous arrivait souvent de refaire le monde jusque tard dans la nuit. Jacques était un homme d'une rare intelligence, cultivé et sensible. Il aimait Nice, et il a su donner à la ville son rayonnement international. Peut-être a-t-il voulu trop en faire !

Je n'ai jamais connu le côté « sulfureux » de cet homme qu'a évoqué la presse à scandale. Quand il s'est retrouvé en prison, à Grenoble, j'ai fait partie de celles et ceux – peu nombreux – qui l'ont soutenu. Et quand est sorti, il a très mal vécu l'interdiction qui lui a été faite de remettre les pieds à Nice.

Comme tous les « barons » régionaux – ces hommes politiques fortement et longuement implantés –, Jacques Médecin fédérait autour de lui des gens jeunes ou moins jeunes, dévoués à sa politique et à sa personne. Parmi eux, il ne manqua pas de remarquer un champion de moto qui avait fait résonner *La Marseillaise* sur tous les circuits du monde, en dominant le Fangio de la moto : le fameux Agostini, dont la nature volontaire, au service d'un amour passionnel pour Nice, ne pouvait qu'attirer l'attention du grand homme. De plus, ce jeune et brillant champion allait épouser Dominique, la fille d'une grande figure niçoise : Jean Sassone, lui-même conseiller municipal et fin connaisseur de la vie locale.

Christian Estrosi, puisque c'est de lui qu'il s'agit, devint donc le pilier, avec quelques autres – dont Rudy Salles, actuel vice-président de l'Assemblée nationale –, de ce qu'on appela alors les « bébés Médecin ».

L'entrée en politique de cet ex-grand champion ne passa pas inaperçue. Son apport plein de fraîcheur au débat politique, ses idées nouvelles, son intérêt grandissant pour la chose publique, sans oublier le regard qu'il portait sur le haut pays niçois, faisaient de lui un candidat naturel à la députation. Achille Peretti disait : « La politique, il faut la sentir avec le cœur... » Cette jolie phrase illustre parfaitement le travail que Christian allait bientôt faire pour sa ville.

Les choses se concrétisèrent en 1986. À cette époque, le restaurant que dirigeait mon mari, situé près de l'Assemblée nationale, recevait une clientèle politique très importante. Pour « créer l'événement », j'y organisais, le premier jour de chaque nouvelle mandature, un déjeuner réunissant les nouveaux députés et les journalistes politiques.

Le millésime 1986 fut particulièrement favorable aux Niçois, puisque sur une soixantaine de « bleus », trois étaient Niçois « pur jus » : Rudy Salles, la charmante Martine Daugreilh et... Christian Estrosi. Jamais mon rôle de maîtresse de maison ne fut aussi agréable que ce jour-là ! Quant à mes trois Niçois, leur baptême du feu, face à la toujours redoutable presse politique nationale et à ses journalistes vedettes, s'opéra de la meilleure façon possible. Je me souviens avoir tout fait pour leur faciliter la tâche !

Ce premier contact avec Christian Estrosi s'était révélé riche d'enseignement sur sa personnalité, ses ambitions et son amour pour Nice. S'ensuivirent des rencontres, des discussions, des soirées avec nos conjoints respectifs où nous évoquions l'inertie et la paralysie que la majorité des Niçois déploraient. Christian s'activait au niveau du département et de la région, mais Nice, notre ville, était-elle toujours digne de porter le nom de *« Nissa la Bella »* ?

*

Début 2007, un certain Christophe Kulikowski m'appelle :

« Je suis un collaborateur de Catherine Barma, (la talentueuse productrice des émissions de Thierry Ardisson et de Laurent Ruquier), je suis Niçois comme elle, malgré mon nom, et, à ce titre, j'ai beaucoup d'amis dans la presse. J'aimerais organiser régulièrement des rencontres entre niçois, des journalistes mais pas seulement… J'ai pensé que le restaurant de votre mari serait un excellent lieu de rendez-vous… Pensez-vous que cela pourrait être possible ? »

Je donne immédiatement mon accord, sans même en parler à Francis. J'organise un premier dîner, et je peux constater que Christophe Kulikowski ne m'a pas menti : tous les journalistes, relais d'opinions, personnages politiques niçois de tous bords sont présents, dont Christian Estrosi. J'apprendrai plus tard que Christian, alors ministre, avait demandé à être placé à côté de moi. Et nous voilà repartis à nous lamenter sur le sort de la plus belle ville du monde ! Dans une ambiance très sympathique et animée, nous nourrissons notre réflexion sur le thème : « Que peut-on faire pour Nice ? » Quand soudain, au détour d'une phrase, Christian me gratifie d'un regard emprunt de détermination et de gravité, et me dit :

« Les élections municipales ont lieu l'année prochaine… Le président est inquiet pour Nice… Je dois prendre mes responsabilités, il se pourrait que je me décide… »

C'était tout ce que je souhaitais entendre depuis le début de la soirée ! Ravie, je lui fais part de mon enthousiasme. C'est alors qu'il ajoute, en me fixant droit dans les yeux :

« Si je saute le pas, j'aurai besoin de gens comme toi, accepterais-tu de me suivre ? »

Christian le sait : je n'ai jamais été tentée par une carrière politique. En revanche, je suis prête à apporter ma contribution pour que notre ville redevienne ce qu'elle a été. À vrai dire, cette idée me transporte de joie, mais je freine un peu mon élan… Je lui réponds que j'ai besoin de réfléchir, d'en parler avec ma famille, car après tout, je ne suis pas la seule concernée, dans cette affaire !

« Maman, si tu le sens et que tu en as réellement envie, il faut le faire ! » s'exclament Élodie et Olivia, d'une seule voix. Francis, lui, est plus circonspect, d'autant que deux autres projets, dont un particulièrement excitant, sont, par ailleurs, en cours de finalisation…

En octobre 2007, Christian annonce ce que tout Nice et au-delà subodorait : sa candidature à la mairie de Nice. Je me trouve à Nice, avec mon époux. Pour fêter la nouvelle, Christian nous invite tous les deux à dîner à *La Petite Maison*.

Ce restaurant, idéalement installé entre l'opéra et la mairie, fait partie des incontournables de la ville de Nice. Tout le monde veut absolument déjeuner ou dîner « chez Nicole », pour la qualité de la table, bien sûr – tous les produits sont d'une fraîcheur inégalable –, mais aussi pour le personnage. Sa connaissance de la vie locale, sa droiture et son caractère bien trempé ont fait de cette fille de restaurateurs une figure emblématique de la ville. De Patrick Bruel à David Beckam, en passant par le prince Albert, Elton John et même Nicolas Sarkozy – la photo du président, aux côtés de Christian Estrosi, figure en bonne place dans le restaurant –, sans oublier les anonymes, tous, lorsqu'ils sont de passage à Nice, viennent goûter à la cuisine typiquement niçoise de cette enfant du pays. Son credo : « Tous célèbres, ici ! »

Les célébrités qui cherchent la quiétude savent qu'elles ne seront pas dérangées malgré la forte fréquentation : Nicole veille… et n'hésite pas à remettre en place quiconque s'aviserait de venir perturber ses clients, en demandant un autographe en plein repas, par exemple ! Son restaurant connaît un tel succès qu'à la demande de ses clients étrangers, elle a ouvert une autre *Petite Maison* à l'hôtel Majestic – l'un des palaces de la ville de Cannes –, et a réussi à implanter son incroyable savoir-faire à Londres, à New York et à Dubaï…

Et c'est à l'occasion d'un dîner en ce lieu prisé que j'ai eu la surprise de découvrir à quel point la candidature de Christian déclenchait les passions. Alors que nous sommes en pleine discussion, un homme d'une cinquantaine d'années – un notable, sans doute –, qui est en train de dîner à une table voisine, s'approche de nous. À ma stupéfaction, je le vois s'accroupir et parler à l'oreille de Christian en lui disant, avec le plus grand sérieux et faisant fi de tout orgueil :

« Prenez-moi sur votre liste, je vous apporterais mon soutien… J'ai le bras long, dans cette ville, réfléchissez-y ! »

Nicole, qui n'a rien perdu de la scène, s'approche aussitôt de cet hôte indésirable, et glisse à l'oreille de Christian, suffisamment fort pour que je l'entende : « Tu veux que je le vire ? »

Christian se contente de sourire, imperturbable, avec ce calme qu'il affiche en toutes circonstances.

Une fois que l'homme est retourné à sa table, il m'explique que, depuis qu'il a annoncé sa candidature, le tout-Nice le « harcèle ». Chacun veut figurer sur sa liste. À ce jour, plus de cinq cents personnes lui ont déjà proposé leurs services !

À la suite de cet « incident », Christian, me dit :

« Le problème, ce n'est pas de choisir, c'est de faire comprendre à tous ceux qui pensent avoir la légitimité de figurer sur ma liste que seuls soixante-neuf noms peuvent être retenus… »

Bientôt, me voilà plongée dans ma première campagne électorale !

Je découvre une ambiance et un monde nouveaux, fais de rencontres, d'anecdotes, d'échanges parfois douloureux mais toujours fructueux. À ma modeste mesure, je me bats dans ma ville, *pour* ma ville. C'est un grand bonheur et un grand honneur. Beaucoup d'émotion, aussi. Je retrouve des Niçois, des gens simples et plein d'humanité qui ont connu mes parents et qui m'en parlent avec tendresse. Au sein de l'équipe constituée par Christian, je sympathise avec un homme discret, sérieux, peu à l'aise dans cette ambiance de campagne qu'il semble découvrir, comme moi. Benoît Kandel, Saint-Cyrien, vient de renoncer à son poste de colonel de gendarmerie pour prendre en charge, si nous sommes élus, la sécurité de la ville au sein de notre équipe. Très vite, notre enthousiasme et notre spontanéité éveillent l'attention des responsables de la campagne qui, dès lors, s'ingénient à nous réunir, accompagnés de quelques supporters, pour aller à la rencontre des Niçois…

Un jour, nous allons tous les deux distribuer des tracts devant un grand magasin. Une brave femme, probablement déjà grand-mère, s'approche de moi et, après quelques gentillesses qui me font chaud au cœur, me fait part de ses difficultés. Elle rencontre des problèmes de sécurité. Elle ne peut mieux tomber, j'ai à mes côtés la personne qui sera en charge de ces problèmes si Christian Estrosi est élu. Je lui présente Benoît et soudain, contre toute attente, elle le plaque pratiquement au mur en lui expliquant que depuis des mois, elle est « agressée sexuellement au téléphone », et que toutes ses plaintes sont restées sans suite ! Benoît, quelque peu désemparé, ne sait plus quoi dire, et moi, je me contiens pour ne pas éclater de rire… En désespoir de cause, nous finissons par lui demander… son numéro de téléphone ! J'ignore les suites de cette histoire…

Quelques jours plus tard, nous faisons ce que l'on appelle, dans le jargon des campagnes électorales, « les cages d'escaliers », c'est-à-dire ni plus ni moins que du porte-à-porte. Il s'agit donc de sonner aux interphones et d'essayer de convaincre les habitants de nous ouvrir, dans un premier temps, puis d'accepter de discuter. Un soir, Benoît, toujours très poli, se lance :

« Bonjour, Monsieur, Mme Denise Fabre souhaiterait vous parler… »

Une voix furieuse rétorque aussitôt :

« C'est ça, et moi, je suis le pape ! »

À mon tour, je tente ma chance :

« Bonjour Monsieur, je suis *vraiment* Denise Fabre ! »

Et ce que j'espère arrive : l'homme ouvre sa fenêtre, vérifie que c'est bien moi… et finit par nous ouvrir !

Ainsi s'est déroulée la campagne, entre anecdotes savoureuses et fous rires, des instants d'épuisement alternant avec des moments d'exaltation.

Le succès se dessine petit à petit… En fin de campagne, alors que je crois pouvoir accéder à une certaine sérénité – je suis vraiment confiante quant à l'élection de Christian Estrosi –, Francis me rappelle que deux autres projets sont en phase d'être finalisés. Et pas des moindres ! Le premier me vient de François de la Brosse. Parmi les multiples talents cet homme, patron d'une boîte de communication importante, il en est un dans lequel il excelle particulièrement : la création et l'élaboration de web-TV. Des réussites magistrales dans ce domaine lui ont valu d'être remarqué par l'équipe de campagne de Barak Obama, qui était venue à Paris pour le consulter et lui proposer de travailler pour eux. Il déclina cette offre, pourtant alléchante – peut-être trop occupé à donner leur chance et à dispenser ses conseils à des jeunes issus de quartiers défavorisés, qu'il forme aux métiers de la communication audiovisuelle adossée à internet.

François de la Brosse pense donc à moi pour porter la marque d'une grande enseigne de distribution. Si j'accepte sa proposition, mon travail consistera à faire la promotion de leur gamme de produits dans des minispots publicitaires, tournés dans toute la France. Cette collaboration me séduit, car j'aime les valeurs familiales que défend cette entreprise.

Deux autres personnalités sont en lice, deux animatrices, dont une qui a le vent en poupe et une forte présence à l'antenne. Nous serons départagées après un sondage auprès d'un panel d'acheteuses. J'apprends avec stupéfaction que j'arrive en tête du sondage. Je signe mon contrat, sans réaliser que le mois de mars 2008 va devenir un casse-tête professionnel…

Car ce même mois de janvier 2008, je concrétise un deuxième engagement, pris de vive voix antérieurement – ce qui, pour moi, vaut signature : la présentation du spectacle *Âge tendre et Têtes de bois.*

En effet, quelques mois auparavant, invitée sur France 3 pour évoquer les années « yéyé », j'avais fait la connaissance de deux hommes venus accompagner les chanteurs faisant revivre ces années-là. Le premier, Patrick Carrier, force de la nature au grand cœur, assez volubile, était régisseur de cette tournée qui déplaçait les foules. Le deuxième, Michel Algay, discret, presque effacé, en était le producteur. Tous deux m'avaient fait part de leur intention de m'en confier la présentation pour l'année suivante, c'est-à-dire à partir de mars 2008. J'avais demandé à réfléchir, car la tournée *Âge tendre* représentait un « investissement-temps » important : soixante dates sur une année dans toute la

France, deux spectacles par jour, dans des salles immenses, à raison de 8 000 à 15 0000 spectateurs par jour. Ne pouvant prendre une pareille décision seule, j'en avais discuté avec Francis, pour le convaincre de m'accompagner... Nous nous déplaçons en province pour voir le spectacle et là, le choc ! Une scène immense, des écrans géants, une chorégraphie et des effets spéciaux magiques, un orchestre grandiose et un défilé de chanteurs que je connaissais depuis toujours et qui se donnent à fond, comme lors de leur premier tube, mais surtout, devant une salle debout, électrisée par le spectacle... toutes les conditions étaient réunies pour que je ne puisse pas dire « non » à cette chance incroyable qui se présentait à moi. À la fin du spectacle, je m'étais glissée dans les coulisses et j'avais donné mon accord à Michel Algay. En compagnie de son épouse, Françoise, et de mon mari, nous avions ensuite discuté de quelques modalités, non pas dans le palace local mais dans le bus-couchette où une cabine leur était réservée, où ils vivaient et pouvaient se reposer au plus près de leurs techniciens, qui travaillent jusqu'à une heure avancée de la nuit.

Ce soir-là, j'étais repartie très excitée par ce nouveau challenge, pour lequel je disposais d'un planning précis : je débuterais les répétitions le 12 mars...

En cette fin de campagne, je me retrouve donc sur trois fronts à la fois : Nice, la campagne publicitaire avec François de la Brosse, et à présent, la tournée *Âge*

Tendre ! Heureusement, l'envie est là, très forte, de remporter ces challenges qui, tous, me tiennent à cœur. Je ne peux, ni ne veux, décevoir personne.

Le 12 mars, à 15 heures, pour être précise, je distribue mes derniers tracts à Nice, puis je file en répétitions pour la tournée, qui doit débuter à Saint-Étienne… Entre-temps, j'ai interviewé les artistes au téléphone, et rédigé de petits textes de présentation…

Une folle semaine démarre alors.

Le 14 et le 15, je présente deux spectacles dans la journée ; le 15, dans la nuit, je repars pour être présente le 16 à Nice, jour de l'élection du maire – heureusement couronnée de succès pour notre équipe… J'aimerais me poser un peu et savourer le succès de Christian, mais la cavalcade continue !

Le 17, je repars sur Paris à la première heure, pour tourner des messages publicitaires pour l'enseigne de François de la Brosse…

Le 20 au matin, me voilà en train d'assister à la première réunion du nouveau conseil municipal, puis je m'éclipse, car je dois rejoindre Marseille où se produit la tournée à 14 h 30 et à 20 h 30. Or, je dois absolument retourner dans la nuit à Nice, afin d'être présente le 21, à 8 heures du matin, pour la désignation des adjoints, à laquelle je suis tenue d'assister ! Entre deux changements de tenue, faits à la va-vite, j'essaie de dormir un peu dans la voiture, mais le stress et le trac me tiennent éveillée…

Le 21, le nouveau maire annonce la composition de son équipe. Et là, alors que je n'ai dormi que deux ou trois heures sur la banquette arrière d'une voiture, j'apprends que je suis chargée du rayonnement et de l'image de la ville, un poste qui me convient parfaitement. Me voilà élue pour six ans, pour une mission qui me comble. Redonner du glamour à ma ville, je vais m'y atteler dès demain ! Malgré la fatigue, ma joie et ma fierté sont immenses. À l'instant où Christian a prononcé mon nom, j'ai eu une pensée émue pour maman. Comme elle aurait été heureuse de ce qui m'arrive aujourd'hui ! Mais je sais qu'elle me « voit » depuis son ailleurs… Je le sais, je le sens.

Sitôt le conseil municipal terminé, et après une brève commémoration au monument aux morts, je m'engouffre dans une voiture afin d'être à nouveau sur scène, à Toulon, pour le premier spectacle de 14 h 30. Ouf ! Tout commence à rentrer à peu près dans l'ordre… J'arrive *in extrémis*, stressée, mais accueillie à bras ouverts par tout l'équipe, qui doit, je le suppose, commencer à s'interroger sur cette nouvelle présentatrice, véritable tornade…

Grâce à l'écoute et à la compréhension de François de la Brosse et à la merveilleuse coordination de Christian Giaume, grand intendant de la tournée *Âge tendre* – avec qui je correspondais, tous les cinquante kilomètres, entre Nice, Toulon et Marseille, pour prévenir d'un éventuel retard sur scène –, j'ai pu mener à bien cette incroyable semaine, si riche en émotions.

Mais, encore une fois, rien n'aurait été possible sans cette équipe soudée, généreuse et rôdée à tous les impondérables. Et que dire de mon ami Patrick Topaloff, qui chauffait la salle et aurait pu présenter les premiers artistes en cas de bouchons sur l'autoroute ?

Comme d'habitude, j'ai le trac, comme tous ceux qui travaillent, sur scène ou dans l'ombre, à la réussite de ce gigantesque show entièrement dédié à l'époque yé-yé. Mais là encore, Francis, mon époux, est à mes côtés, en coulisses, pour me soutenir.

Chacun des participants rassure et stimule les autres, dans une ambiance bon enfant. Il n'y a pas de *play-back.* Tous les artistes ont le trac avant de monter sur scène. De Sheila à Richard Anthony, en passant par Michèle Torr ou Hervé Vilard, tous chantent en direct devant un public conquis. Les spectateurs vibrent au son de ces refrains qui ont marqué leur jeunesse. Ce qui est émouvant, c'est de voir les générations suivantes découvrir – et aimer – cet univers musical que leurs parents, ou leurs grands-parents, ont adoré. Un tonnerre d'applaudissement accueille chacun des artistes que je présente. Les gens tapent des pieds, des mains, scandent le nom de leur artiste préféré jusqu'à ce qu'il apparaisse enfin dans le faisceau des projecteurs. C'est vraiment « la magie des années soixante » ! Six cent mille personnes chaque année à se régaler ainsi.

Quand j'entre en scène, j'ai le cœur qui bat à mille à l'heure, mais au bout de quelques secondes, je suis en communion totale avec le public, prise à mon tour dans cette ambiance festive, pleine d'amour, de tendresse et de nostalgie.

Après le spectacle, chaque artiste se livre à une séance de signatures. Les spectateurs attendent patiemment leur tour, une photo de leur chanteur préféré à la main… C'est émouvant, de voir ce public, souvent venu en famille, patienter durant des heures pour échanger quelques mots avec celui ou celle dont les refrains ou les couplets ont marqué son existence.

Quand je regagne ma chambre d'hôtel, je suis épuisée, aphone, vidée de toute énergie… mais heureuse !

Pardon à tous ceux que j'ai un peu bousculés pendant cette folle semaine et merci à ceux, souvent les mêmes, qui m'ont permis de faire face. Au premier rang desquels : Francis, mon mari, qui avait eu la bonne idée, quelque temps auparavant, de se défaire d'un de ses restaurants pour ne garder, en association avec son ami Philippe Marquis, que *La Maison du Jardin*, près du Sénat. Certes, la fatigue était là, mais sur les « trois fronts », le contact humain aura fait office de véritable *booster*. La chaleur communicative des Niçois, l'enthousiasme des spectateurs de la tournée *Âge tendre*, la joie simple et la proximité de ces gens croisés dans les magasins où se déroulaient les tournages des spots publicitaires, tout cela a balayé mes moments de fatigue. Et derrière chacune de ces activités, se trouvait un homme simple, motivé, compétent, capable de m'insuffler la flamme qui l'animait lui-même.

Christian Estrosi, François de la Brosse, Michel Algay… Trois rencontres, trois hommes qui sont devenus de vrais amis, trois bonnes et belles étoiles qui inscriront d'autres histoires sous d'autres cieux, j'en suis sûre…

*

Équipée de mes deux téléphones portables, je travaille presque vingt-quatre heures sur vingt-quatre ! En tout cas, je suis joignable partout – sauf sur scène ! J'ai une secrétaire mais, chacun le sait : je ne suis pas une femme de bureau ! Je prends des rendez-vous, je fais la liaison avec tous les artistes que je connais et que je voudrais voir se produire à Nice, je lis mes e-mails, je cherche de nouvelles idées…

Parfois, en coulisses, quelques minutes avant d'entrer en scène, je reçois un appel de quelqu'un d'important… Pour expliquer le brouhaha qui règne autour de moi, j'explique d'une voix détachée que Stone et Charden sont en train de chanter… Cela amuse. Les gens connaissent mon professionnalisme et mon enthousiasme. Ils savent que je ne m'engage jamais à la légère, et que je fais mon possible pour être partout à la fois… Et avec les nouvelles technologies, c'est plus facile, aujourd'hui…

L'une de mes plus grandes fiertés est d'avoir réussi à convaincre les Restos du Cœur de venir à Nice. Chacun le sait, la vie est faite de rencontres. Et quand ces rencontres conduisent à de beaux projets, vous gardez le sentiment d'avoir constitué une chaîne de bonnes volontés et de compétences pour faire aboutir une idée. C'est qui s'est produit avec les Restos. L'histoire a commencé sur la tournée *Âge tendre,* au détour d'une conversation avec Catherine Lara, chanteuse aux multiples talents que tout le monde connaît, mais aussi femme de cœur. Elle avait, à l'époque, quelques soucis avec la santé de sa maman, ce qui avait contribué à nous rapprocher un peu plus… Alors que nous parlions de nos actualités respectives, elle me fit part de l'aventure extraordinaire que représentait pour elle le fait d'avoir intégré le spectacle des Restos du Cœur. Il n'en fallut pas davantage pour que je commence à échafauder le projet de faire venir le spectacle à Nice. Catherine avait pris soin de me prévenir que même si les chanteurs se produisaient gratuitement, l'ensemble de ce spectacle, avec près de cinquante artistes, représentait une grosse machine, et donc un certain budget. À ce stade, je ne pouvais aller plus loin sans en parler à mon « chef » ! Tout au long de la finalisation du projet, il répondit présent, s'impliquant totalement et prenant les choses en main dès que surgissait une difficulté.

Si je garde une fierté d'avoir initié ce projet, le mérite en revenant à Christian, je partage cet honneur avec toute l'équipe municipale, qui a été solidaire pour mener à bien cette aventure – solidarité ô combien précieuse quand surgit un obstacle. Je m'efforce d'avoir la même attitude quand, dans leur domaine de compétence, ils se trouvent eux aussi confrontés à des difficultés. C'est l'idée que je me fais du travail d'équipe, et je n'ai pas connu de déception jusqu'ici.

Je suis incapable de tirer les plans sur la comète. La mairie me permet une certaine visibilité : je suis élue jusqu'en 2014. Et ensuite ? Si on connaissait à l'avance le programme, les choses perdraient de leur saveur…

Après une année où j'ai mis la tournée entre parenthèses pour me consacrer à mon travail d'ajointe au maire, je repars sur les routes, pour soixante dates, avec la « bénédiction » de Christian… J'ai mille projets en tête, comme d'habitude. La vie décidera. Mon cœur suivra…

Il y a quelques mois, mon amie Nicole, la patronne de *La Petite Maison*, me téléphone, tout excitée :

« Alors, tu es heureuse ? »

Croyant qu'elle fait référence à la vie trépidante que je mène, je lui réponds : « Oui, je suis débordée, mais j'adore ma vie telle qu'elle est… »

Elle insiste et précise : « Je parle de la légion d'honneur que tu vas bientôt recevoir ! »

Nicole s'amuse de mon étonnement. Elle le savait depuis un mois. Comment ? C'est tout Nicole, ça. Elle n'en dira pas plus.

Quarante-huit heures plus tard, *Le Figaro* annonce la nouvelle, qui sera confirmée par le *Journal officiel*. Mes filles sont folles de joie. Francis, lui, est fier, tout simplement. Et moi…

Bouleversée, je pense tout de suite à maman, qui aurait mérité mille fois cette distinction. Je pense aussi à mon grand-père, héros de Verdun, qui a reçu autrefois tant de médailles pour avoir risqué sa vie et défendu l'honneur de son pays. Sur les cartes postales qu'il envoyait à ma grand-mère lorsqu'il était en captivité, il écrivait combien il lui était douloureux d'être loin de sa famille, mais qu'il était si heureux de pouvoir se battre pour sa patrie, la France… Lors de la visite d'un commandant de l'armée allemande, il avait sorti une petite flûte de fortune qu'il s'était fabriquée – la musique, c'était une part importante de lui-même – et qu'il avait dissimulée dans l'une de ses poches, et il avait joué *La Marseillaise* devant tous les gradés. À la fin, ces derniers s'étaient mis au garde-à-vous. Mon grand-père aurait pu être fusillé, il n'a même pas été puni. Ennemis, mais gentlemen.

Aujourd'hui, je suis fière de leur offrir cette distinction suprême. À travers moi, ce sont eux qui sont honorés : ma famille, ce clan au sein duquel j'ai grandi, entre rires et larmes, sous le ciel de la plus belle ville du monde…

Parce que l'adulte qu'on est devenu doit toujours tenir par la main l'enfant qu'on a été. La petite Denise qui allait dans les rues de Nice autrefois est toujours avec moi. Je la tiens par la main, et je ne la lâcherai jamais. Jamais.

Table

Composition et mise en pages réalisées par
Compo 66 – Perpignan
127/2010

Éditions du Rocher
28, rue du Comte-Félix-Gastaldi
98000 Monaco
www.editionsdurocher.fr

Achevé d'imprimer sur Roto-Page
par l'Imprimerie Floch à Mayenne
en septembre 2010

Imprimé en France
Dépôt légal : septembre 2010
N° d'impression : 77713